U0097577

GAEA

Gaea

After Sun Goes Down

日落後

長篇 07

星子——著
BARZ——插畫

日落後

—長篇— 07

目錄

01黑與白

無數的人形黑影暴雨般灑落在整條河岸公園。

那些「人」有的赤身裸體、有的披著爛衣破布，皮膚大都是怪異的棗紅色、紫黑色且滿布詭異斑塊；體型有些枯瘦、有些浮腫；他們或是像頭獵豹般低伏在地，或是歪歪斜斜、搖搖晃晃往前蹣跚亂走。

「那是水鬼！」吳楓遠遠望著那票自河裡竄上河岸的傢伙們，急急大叫：「你們快逃呀——」

「啊！」張意瞪大眼睛，一時還搞不清楚發生了什麼事，便見到幾個離他較近的水鬼，一齊盯住了他，咧開腐爛大嘴發出沙啞刺耳的尖嚎吼聲。

吼聲像是漣漪般擴散開來，整片河岸上的水鬼全盯上了張意和長門，紛紛凶猛地朝他們飛衝而去。

第一隻撲向張意的水鬼，被長門揚起銀撥切斷咽喉後，再捱了她一記旋踢倒地；緊隨在後的第二隻水鬼，則被長門第二記旋踢蹬飛好遠。

第三隻水鬼被神官撲面啄下一塊耳朵肉、第四個水鬼臉上捱了摩魔火一團火；然後同時被長門揮甩琴箱打翻在地——長門用來裝三味線那木製琴箱，除了裝著備用的撥和弦之外，也藏著些特殊符籙和藥液，且箱身上刻著密密麻麻的驅邪符文，緊急時刻也能作爲武器使用。

第五、第六隻水鬼撲來時，長門已經揭開琴箱取出三味線，她矮身躲過兩個水鬼的撲抱，趁著他們撞在一塊還沒站穩時，輕輕撥出幾個音。

叮叮噹噹，銀色流星倏倏地擊穿那兩隻水鬼腦袋，和後頭第七、八、九隻水鬼的身軀。

第十到十五隻水鬼，則和張意那大開大闔的飛拳和長腿纏鬥起來——摩魔火四足高高揚起，操縱木偶般地操縱張意翻騰竄走、擊拳飛踢，和水鬼們展開大戰。

「師兄，我的手扭到了、腳也扭到了！」張意的反應跟不上摩魔火的蛛絲，身體每一秒不停做出一些違反人體極限的動作；儘管摩魔火在他兩顆拳頭纏上團團蛛絲保護他的拳頭，但連續擊歪水鬼嘴巴鼻子的力道，還是讓張意痛得哇哇大叫。

「眞的嗎？骨頭斷了嗎？」摩魔火吼地一聲，噴出一團火，將前頭兩個水鬼燒得抱頭亂滾。

「快斷啦！」張意哀號。

「快斷就是沒斷，斷了再請長門小姐幫你治療！」摩魔火是夜天使特訓教官之一，早已對張意在戰場上的怯弱感到不耐，一直想找機會在晝之光眾人面前顯露身手扳回顏面。他還想繼續纏鬥，卻突然感到底下銀光閃爍，張意身子浮空起來，快速往後飛梭——原來長門撥彈銀流掃空了近身所有水鬼，這才往後撤退，她見摩魔火和張意還在前頭死纏爛打，便撥出銀流將張意往後捲。

「快呀——」陳順源等人站在小貨車車斗上，對著急急奔來的張意和長門大喊。陳順源和吳楓見到那大批水鬼追兵衝勢極快，紛紛取出短刀和彎刀，正想下車趕去支援，便見到長門再次撥弦，射來一股銀流搆著小貨車車身，另一股銀流則纏住她和張意腰際，唰地一舉將兩人一齊拉上貨車。

「人都齊了！」「開車！」老陸等人大喊，負責駕駛的晝之光成員立即發動引擎、踩下油門，駕著貨車往堤防直衝而去。

眾人四顧張望，只見四周通往三重的數座橋梁後方、那猶如魔爪的六處傾斜怪樓群，巨浪般地往每一座橋梁撲蓋傾垮。

巨樓群轟隆隆地往橋上傾倒，不但沒有損傷橋體，還猶如生根發芽般地包覆住整座

橋梁，往下竄出古怪鋼梁，直直鑽入橋體、插進底下河道；往上則長出各式各樣加蓋結構，在橋面上生出一整排高低不均的矮樓，矮樓很快地又竄長成高樓。

只幾分鐘時間，幾棟倒在橋上的巨樓，猶如顛倒反轉的骨牌陣般，紛紛築出了整排跨越河流的怪樓群，兵分六路推入三重境內。

河堤前，有些水鬼竄得比那小貨車還快，一下子便追到貨車前後左右，但駕車的晝之光成員一點也沒減緩車速，反而踩足油門，朝著前方攔路水鬼直直衝去，貨車車頭貼著數張符籙綻放耀眼光芒，將攔在前頭的水鬼們逼飛老遠。

車斗上的晝之光成員們則各自施展異能，抵擋著一隻隻想往貨車飛撲的水鬼。

菜刀伯一手拖著便當，一手攤掌同時操使三把刀，將逼近探手搆抓車斗的水鬼爪子全給斬下，還不忘低頭在那丟了筷子的便當飯裡咬上一、兩口；老陸像是發撲克牌般將一張張符按在水鬼額頭上，燒出一片紅橙黃綠光芒；陳順源倒持短刀叼著菸，呼出一口青亮煙團托在掌上晃盪幾下後扔出，煙團凝成十數柄冰凍銳刃，霰彈槍般轟散逼來的數隻水鬼；長門撥弦彈出的銀流高高揚起，守著貨車上方，鞭落那些飛縱躍來的水鬼；吳楓甩著一雙白繩彎刀長長探出貨車尾端，像是毒蠍尾巴般四面鞭打。

張意則捧著一支塞有符籙的玻璃瓶，在眾人間搖搖晃晃，找不著時機開砲，七魂就斜斜地揹在他背後，一點動靜也無。

眼前那堤防斜度極陡，一般車輛絕無可能直接駛上，但副駕駛座上晝之光成員伸手出窗拍了拍車門，那小貨車四輪微微發亮，整輛小貨車野馬似地蹦彈起來，落在傾斜堤防上繼續直衝，衝出了堤防頂端騰空飛起，跟著車頭斜斜朝下落地。

落地前，那副駕駛座上的晝之光成員掛在窗外的手又拍了拍車門，車輪再次閃耀，嘩啦噴出一團光煙，猶如緩衝氣墊，阻在車頭和道路之間，讓貨車彈震幾下之後安然落地，一口氣衝入市區道路。

大批水鬼像是海嘯般翻過堤防，竄入三重市街。

後方那些長臂長足的大眼衛兵猶如押陣監軍般，手腳並用地飛快翻過堤防、爬過馬路，踏爛一輛輛停在路邊的汽機車，攀上四周樓房，閃動著殷紅大眼東張西望。

那些市民活人在黑夢淺層地帶影響下，失去了警戒恐慌等情緒反應，有些人倚在陽台呆愣愣地望著遠方變化，有些人遊盪在街上與衝來的水鬼們擦肩而過，都沒有太大反應。

或許是黑摩組將活人當成黑夢能量來源的緣故，那些水鬼和大眼衛兵們並沒有大規模殺戮或是捕食活人，偶爾才有零星的大眼衛兵探手進窗，抓出一些活人張口啃食。

「快、快、快、快，趕快開到最近的入口！」老陸拍著車頭，對裡頭的畫之光夥伴大聲喝斥。

眾人聽見後方一陣刺耳引擎聲自遠而近響起，只見一支車隊浩浩蕩蕩開來，逐漸逼近小貨車。

那支車隊最前頭是輛敞篷跑車和一輛軍用吉普車，後面則跟著巨大的貨櫃車和數十輛重型機車、小客車等，那些車輛和先前的寄生怪車一樣，車燈都是血紅大眼，車牌位置咧著長滿利齒的血盆大嘴。

「啊！是那些魔王！」張意立刻認出那帶頭車輛上的幾個人——

敞篷跑車前座坐著宋醫生和邵君，後座兩人則是安迪和莫小非。

軍用吉普車副駕駛座上那一身結實肌肉、交扠雙手的矮壯傢伙張意不曾見過，那是鴉片。

「不會吧……」老陸、陳順源等以往和黑摩組交手許多次的畫之光成員，見了那車隊陣仗，都詫異不已，或是催促，或是驚呼。「他們五人一起出動？」「開車的開快點啊！」「沒辦法再快啦，人家開跑車，我們這輛是小發財呀！」

那墨綠色軍用吉普車猛地加速，超過了敞篷跑車，穩穩追至小貨車車尾。

鴉片站起身來，他腳下這輛軍用吉普車沒有前擋風玻璃，因此他抬腳一跨，便從副駕駛座上跨上引擎蓋。

隨著吉普車逐漸逼近小貨車車尾，鴉片咧嘴露出奇異笑容，身子微微彎弓低伏、雙臂下垂，像是一頭準備展開狩獵的猛獸。

他的目光如同餓狼，掃視著小貨車上每一個人。

「千萬別讓他上車。」陳順源深深吸了口菸，呼出一團濃煙，雙手伸進煙團中一抓一撈，然後往鴉片一擲。

一陣銀光閃耀，陳順源擲出的是一片冰凍日式十字鏢。

鴉片不避不閃，只是抱拳護住腦袋。

噗哧噗哧，那些十字鏢一枚枚插在他的胳臂、雙腿、胸腹上。

十字鏢插著的地方，立刻泛起淡淡光煙，結出一層冰霜，但那些冰霜立刻便讓鴉片鼓動肌肉散射出的黑氣驅散。

鴉片放下雙臂，將插在全身上下的十字鏢一枚枚拔下。

吉普車再次加速，更加接近小貨車尾。

「鴉片，安迪要你退後，別逼太緊！」莫小非的喊聲自後方竄來。

「爲什麼？」鴉片皺起眉頭、微微轉頭。

小貨車車斗上所有人可沒放過鴉片分神的這一刻，大夥兒同時發動攻擊——長門的銀刀、吳楓的白繩彎刀、菜刀伯的牛排刀、陳順源和老陸的飛符、摩魔火的火球和其餘畫之光成員一口氣放出的突襲法術，便連張意也擠在眾人之間，挺著玻璃瓶對準鴉片腦袋，射出一發混著火毛的百斬符。

「喝——」鴉片在那前方那眼花撩亂的攻勢炸來的前一刻，取下了一枚戒指。

他全身炸出黑氣。

那黑氣劇烈到將他腳下吉普車的車速壓緩許多，自然，也將那撲面襲來的飛刀、彎刀和各種符咒法術全吹得歪射亂飛，或是直接抵消沖散。

小貨車車斗上眾人見鴉片竟能憑著黑氣風暴守下所有攻勢，可都嚇傻了眼——除了陳順源，他像是早料到鴉片必然無懼己方第一波攻勢，因此擲出第一批符籙後，立刻補上第二批飛符，且抓準鴉片那黑氣消散的時間差，啪啪啪啪地貼上鴉片全身，炸開！

五顏六色的奇異火焰在鴉片身上燃起。

陳順源為了抵禦胸前火傷，修煉各種冰術，卻同時也為了更加了解火術，而修習一些火術。

長門的第二批銀流刀隨即追上，劈進鴉片肩頭，卻劈不斷他的骨。

鴉片哼哼地笑了起來，抬臂撥開吳楓甩來的兩柄白繩彎刀，再捏著嵌在他肩上的銀流刀哼地捏碎；跟著，他抬手抹了抹胸腹，將那奇異火焰跟燒燬的背心一同抹去；他那摘下一枚戒指的手掌散溢著黑氣，黑氣所到之處，不僅撲滅了異火，且還像是能夠治癒傷處，他用手捏了捏裂開血口的肩，裂口便黏合，不再流血。

小貨車趁著眾人這陣猛擊，減緩了車陣追勢，加速拐進前方巷弄。

巷弄外公寓兩側窗上閃動著各國文字，其中也有四個中文字——

歡迎光臨

敞篷跑車和吉普車，在那巷口外停下。

莫小非自後座站起，對著鴉片嚷嚷起來：「鴉片，虐待別人身體已經無法滿足你，所以你開始要虐待自己的身體了嗎？你明明可以躲開，爲什麼要硬捱他們攻擊？」

「陳順源的法術，沒我想像中厲害。」鴉片冷冷笑著。「我本來以爲會更痛一點。」他全身皮膚尤其是雙手部位，都像砂石一般粗糙。「爲什麼不讓我抓他們？」

「安迪怕你太急，吃了他們的虧。」莫小非答。

「吃了他們的虧？」鴉片哼了一聲，將摘下的戒指戴回。「他們除了燒掉我一件背心之外，還能讓我吃什麼虧？」

「不是那些破爛東西，是伊恩。」莫小非說：「忠孝橋抓硯先生那一次，你沒跟著一起來，你不知道伊恩的厲害。」

「我沒在車上見到伊恩。」鴉片哼哼地說。

「我跟安迪都見到了。」莫小非說：「伊恩在那小子背上，就是那個不怕黑夢的小子，他揹著七魂，伊恩就抓著七魂——伊恩現在變成一隻手了，也不知道是死是活，但還是能用七魂，上次我雙手雙腳都被斬掉，還好跑得快，不然連腦袋都沒了。」

「那是妳。」鴉片冷冷一笑。「我跟妳不一樣。」

「你少嘴硬。」莫小非舉起雙手，在鴉片面前晃了晃。「他斬我手腳的時候，我全部的戒指都摘下來了。」

「……」鴉片默默無語，他再自負，也知道摘下所有戒指的莫小非，力量絕對比只摘下一枚戒指的他強大太多；倘若連那時的莫小非都被伊恩輕易斬斷四肢，那麼當時他若飛撲上車，說不定眞會被砍飛腦袋。

後方，黑夢建築群海嘯般覆來，一棟棟樓房變形竄長，漆黑的苔爬滿了牆，一面面怪異招牌穿牆而出，巨大腐鏽的鐵窗和加蓋建築不停增生，有時崩裂砸落地面，然後增生出奇異的新建築。

而前方那小貨車駛入的巷口，以及四周巷弄、建築，也同時產生變化，馬路上立起持著寶劍的巨大羅馬石雕，米白色石板鋪上四周公寓壁面，一扇扇窗子都閃動著人像。全是清原長老、紳士、淑女和拉瑪伸、龐克、瑪麗等晝之光成員的頭像，或是半身像。

「這是他們的結界嗎？」莫小非和邵君像是看熱鬧般打量著前方樓房出現的變化。

「他們想施展結界跟我們的黑夢硬碰硬？」

「別小看對手，紳士淑女的結界若自稱世界第二，天底下也只有艾莫和麗塔有資格稱第一。」安迪自敞篷跑車後座站起，雙手插在口袋裡，朝著道路上幾座巨大羅馬石雕後方緩緩落下的巨大布幕裡，那清原長老和紳士淑女的身影點頭示意。

「終於見面了。」布幕上的紳士捏著鬍子，望著安迪等人。

「是啊。」安迪笑了笑，轉頭看看身後街道在黑夢作用下，不停變化竄長的怪樓建築，又望回前方那立起大小白色石雕的紳士淑女結界，說：「能夠親眼見識紳士淑女結界的威力，實在令人心癢難耐。」

「我也是。」紳士笑了笑，說：「一直很想親身體驗這似乎能夠吞噬一整座城市的黑夢。」

「何止是一整座城市。」莫小非笑著插嘴。「黑夢能夠吞噬整顆地球。」

「我一點都不懷疑。」紳士點點頭。「所以，我們現在要開戰了嗎？要不要倒數計時？」

「已經開始了，不是嗎？」安迪哈哈一笑，四顧著，只見左右兩側公寓樓房壁面模樣出現了明顯的分歧，其中一半磁磚紛紛脫落，鋪起一片片白色石板，豎起一盞盞火把和各種藝術浮雕；另一半，則爬滿黑色苔蘚和黴斑、竄長出古怪招牌和鏽蝕鐵窗及天線支架。

兩股結界力量壁壘分明，有時白色石板轟隆隆地蓋入黑苔壁面範圍，像是骨牌般快速擴散，但很快便讓周圍鏽蝕鐵窗、古怪招牌淹沒，且被黑色範圍反攻碾入白色範圍，兩股力量黑白棋般對抗較勁。

底下的便利商店和自助餐店裡的情景更是奇異而激烈，店裡的燈光一下子雪白明亮、一下子猩紅陰森，貨架上的商品有時唰地變成一整排石雕飾品或書籍，然後破西瓜般地炸成一顆顆血腥腦袋或是殘足斷手；店裡店外，巨大的石雕衛兵舉著大劍和黑色水鬼群激烈大戰起來。

安迪等人佇足之處，剛好正是兩邊結界的相接處，柏油路面不停崩裂再癒合，像是海面浪潮般起伏不定。

「拉瑪伸，你是拉瑪伸吧？」鴉片盯著四面八方的頭像和半身像，找著了那泰國拳王拉瑪伸，說：「聽說你是泰國最能打的一個，跟我打一場。」

「如果清原長老同意的話。」拉瑪伸點點頭。「我隨時能夠打爛你的臉。」

「打爛我的臉？」鴉片拗著手指，發出喀啦啦的聲音。「那你的拳頭得夠硬才行。」

「要打多得是機會，何必急於一時呢，先禮後兵嘛。」紳士捏著鬍子，淡淡地說：「安迪，有件事或許失禮，但我不得不說，你的黑夢力量或許強大，可是你不覺得太醜了嗎？血肉、屍骸、腐鏽、黑黴……你的品味太低了吧，你得上一些藝術課程。」

「藝術的欣賞角度不只一種。」安迪笑著說：「同樣的東西，從不同角度看去，都能得到不同的感受。你看到的是腥臭的血，我看到的是美麗的紅；你看到的是原有的腐壞，我看到是繼起的新生；你看到的是死亡，我看到的是永恆。你喜歡文藝復興時期的壯麗藝術，我偏愛盛開在水溝裡的花。」

「乍聽之下很動人的說詞，你有成爲直銷大師的資格。」紳士哼哼地說：「可惜你只將自己當成花，將你以外的人都視爲水溝和糞土，只能作爲花的養分；你口中的美麗、新生和永恆，都是犧牲了其他人的一切換來的，你自以爲正在進行一場偉大的革命，但其實只像個自私的小孩，爲了想要擁有全部糖果而殺死其他小孩。」

「如果這個自私的小孩，力量巨大到無人可擋。」安迪笑了笑說：「那麼這世界一切規則，確實必須爲他而改寫。」

「我只是好奇。」紳士點點頭，說：「如果有一天，出現了比你們更巨大的力量時，像你們對待其他人一樣地對待你們時，你做何感想？到那時候，你們會承認自己錯了嗎？」

「我不知道，我曾試著想像過。」安迪答：「但我想像不出那個畫面。」

「好煩喔，聽不懂啦——」莫小非大叫起來：「我是來看看紳士淑女的結界跟我們的黑夢哪個厲害，不想聽你們講大道理啦！」莫小非說到這裡，轉頭對宋醫生說：「快把你那棵樹搬出來，嚇嚇那些裝模作樣的臭畫之光！」

宋醫生揚揚眉，轉頭對後方嘍囉使了個眼色，幾個嘍囉一聲聲傳令下去，只見後方一輛貨櫃車上，幾個古怪士兵斜斜地用板車推出一盆怪異盆栽。

那盆栽上的怪樹約莫一公尺高，樹身漆黑如墨，幾根歪斜彎曲的枯枝上沒長半片葉子。

一個矮小駝背的怪傢伙，領著推樹嘍囉們來到安迪等人身後近處，對著那怪樹敲敲摸摸，跟著轉身嚷嚷；有個高大怪漢抱著一只大缸、步伐沉重地走來，在那駝背傢伙指示下，揭下大缸封蓋，對著那盆栽倒出大量濃漿，像是在澆水施肥。

「媽呀好臭！」莫小非聞到那漿汁散發出的惡臭氣息，掩著鼻子退開老遠，朝著宋醫生嚷嚷。「宋醫生，你用那麼臭的東西澆樹？」

「我又不懂種樹，全權交給『樹老師』處理。」宋醫生指了指那帶領大漢澆樹的駝背怪傢伙，再隨手從口袋裡拿出個口罩戴上，似乎早有準備；一旁的鴉片皺眉搧風、低聲唾罵；邵君則閉起眼睛，倒像是十分陶醉；安迪仍維持著一貫的從容神情，像是一點也不受那澆樹濃漿臭氣影響。

那被宋醫生稱作「樹老師」的矮駝子，像是對那惡臭濃漿的氣味一點也不以爲意，他雙腳都被自盆裡淌出、流溢滿地的濃漿浸過腳踝，卻只是歪著頭，伸手在樹身上敲敲摸摸，不時將耳朵貼在漆黑樹幹上傾聽，嘴裡嘟嘟囔囔，喃唸不停。

「別鬧了，你們大老遠來這裡的第一件事，就是搬出怪盆栽施肥啊？」龐克哈哈尖笑起來，耍弄手上那柄摺疊刀。「黑摩組五個，誰當我的對手？」

「大老遠個屁，西門町到三重只是過一座橋而已。」莫小非大笑：「小痞子白人不要不懂裝懂！」

「我當你的對手好了。」邵君站起身望著龐克，伸出舌頭舐了舐嘴唇。

「阿君，妳眼光變低了。」莫小非哈哈地笑。「他又不帥，只是個痞子。」

「白人帥哥已經吃了不少，換換口味也不錯呀。」邵君哼哼地說：「嘻哈風味的白人痞子，還眞沒試過。」

「哈哈，等妳吃完再告訴我感想。」莫小非嘻嘻笑著，四處張望著窗戶螢幕上那一個個畫之光成員身影，像是挑選著想要的傢伙，她說：「拿著七魂的那小子呢？我選他好了，我要七魂，我先預約了！」

清原長老和紳士淑女等人不發一語，都望著那株怪樹。

「我來介紹一下。」安迪笑了笑說：「這是台北一個種草人的家傳種子，據說能夠長出很厲害的東西。我們不懂得他那家傳栽種方法，也找不到他的人，但種子本身的力量還是存在的，於是我們找來各國種草高手和東南亞一些蟲師、降頭師，聯手將這些種子改造成新玩具——就是你們眼前的這棵樹。」

「這麼好心，你們打造出用來對付我們的新玩具，使用前還特地向我們展示介紹？」紳士淡淡笑了笑。

「因爲大家很期待看見你們的表情嘛！」莫小非大笑。

一陣喀啦啦的異聲自那怪樹發出，漆黑怪樹微微顫抖著，跟著陡然快速生長起來，樹圍頓時粗壯了十來倍，且一下子拔長出數公尺高，將石盆、板車全壓在那茂盛亂長的樹根群下，一條條猶如漆黑樹根猶如鐵矛般竄入柏油路面裡，且飛快擴散開來。

茂密的黑枝上長出一片片黑色葉子，跟著開出一朵朵漆黑怪花，再生出一顆顆西瓜大小的黑色果子。

果子熟透，落在地面砸得崩裂，蹦出一隻隻野兔大小的奇異怪蟲。

那些黑色怪蟲前半截像毒蠍，但後半截卻如蜈蚣般生著數十足。

樹鬼捧起一隻怪蠍，翻來覆去檢視，跟著回頭對安迪和宋醫生點點頭，將手上的怪蠍往地上一拋。

怪蠍一落地，竟以兩隻大螯掘起洞來，搖著尾部往地下鑽。

不一會兒，十數隻怪蠍全鑽進了土裡。

那黑色怪樹又倏倏地生出了新的葉子、開出新的花、結出新的果——生出新的怪蠍子。

清原長老和紳士淑女彼此相視。

「明白了嗎？」莫小非嘻嘻笑著，說：「這些蠍子呀，最喜歡挖洞了，更喜歡吃那些躲在地底的蟲啊、蚯蚓啊、土撥鼠啊、兔子啊，或是一種叫作『貘』的臭動物呀——」莫小非說到這裡，見清原長老和紳士淑女面無表情，便說：「哈，嚇傻啦？」

紳士、清原長老等互相望了望。紳士捏捏鬍子，聳聳肩說：「被你們發現啦……這也難怪，這些貘本來就是四指黑夢研究裡一段分支的成果，你們知道也沒什麼稀奇。」紳士對著清原長老說：「那我們只好從奇襲改爲強攻了，是吧。」

清原長老也沒應答，緩緩捏起茶杯，淺淺喝了一口。

「好爛喔，那是什麼反應？你們別死撐了，現在一定都嚇呆了吧，你們忙了這麼久，全都白費工夫啦！」莫小非嚷嚷地大叫：「虧你們想出那種笨辦法，養一堆又臭又醜的笨動物，就跟……就跟……對、對、對，就是妳！長得跟妳一樣又老又醜！」莫小非指著紳士旁邊的淑女哈哈大笑。「你們就是大家說的紳士跟淑女對吧，我還以爲有多威風，原來是個臭老太婆！」

「跟很多年前——你們四指對我的孩子們做的事情比起來，妳現在的話語，就和麻雀的羽毛一樣溫柔……」坐在紳士身邊、一直少言的淑女，此時突然開口，她像是不習慣與人爭辯，說話前還特地摸了摸掛在耳際那翻譯靈、清了清喉嚨，這才說：「小女孩，妳多久沒回家看看妳的父母了？」

「我父母？」莫小非呆了呆，像是沒料到淑女會這麼問，她大笑說：「他們早就死啦！眞是太可惜，他們死太早，不然我眞想讓他們變成我的『手指』，跟我長長久久在一起呢！我想想呀，我最後一次見到他們時，我爸爸一邊喝酒一邊打針、我媽媽一邊數錢一邊打我，她數完錢，就把我丟給一個老鴇啦，之後我就再也沒見過他們啦！」

「原來妳也有可憐的身世……」淑女搖搖頭，說：「既然妳曾遭遇過痛苦，知道痛苦的苦，那麼爲何妳沒有憐憫之心，反而把更巨大千倍、萬倍的痛苦，加諸在更多無辜的人身上呢？」

「醜老太婆別囉嗦啦！」莫小非說：「人不爲自己，那要爲誰呀？這世界本來就是勝者爲王，敗者爲寇啊！講那麼多幹嘛？要打快打，我們又不是來辯論的，是來打架的！」

「孩子，如果妳……」淑女像是還有話說，但身邊的紳士輕輕拍了拍她手背，笑著說：「如果這些人懂得思考妳的問題，這世間就不會有四指，也不會有晝之光了。」

紳士說完，彈了彈手指。街道上剛剛載著張意等人的小貨車穿入的那條巷弄，發出一陣陣堆石砌磚的聲響，原本的巷弄入口被不知從何而來的磚頭封死後，鋪上怪異壁磚，還長出一扇大門，像是在巷弄裡硬塞入一棟細窄的詭異建築。

那棟塞在巷弄中的詭異建築大門喀吱喀吱地敞開。

微微透出昏黃異光。

莫小非見那怪樓只有兩層樓高，壁磚門窗樣式古怪、東西混雜，哈哈笑著說：「醜死了！這什麼鬼樓房，剛剛還好意思笑我們黑夢房子醜。」

「這是我借用那些貘的力量，仿造出來的『擬黑夢』。」紳士說：「不管你們是想見識那些貘的力量，還是想打個痛快，還是想增長一下藝術品味，我只能說——」紳士這麼說：「請進吧。」

「哼！紳士叔叔，你當我們白痴啊，小孩都知道你在裡面造了一大堆陷阱機關，想騙我們上當？」莫小非扠腰大罵，跟著望了望那怪樓大門，又望望安迪、鴉片和邵君，見他們都盯著怪樓大門，一副躍躍欲試的模樣，便說：「你們都想進去逛逛啊？那我也要去，我要看看那些貘的能耐。」

「雖然我對我們的力量深具信心，但我還是認爲得有人在外頭顧全大局。」安迪這麼說，望了宋醫生一眼。

宋醫生點點頭，說：「你們去玩吧，我跟樹老師聊聊其他種子的用途。」

「交給你了。」安迪對宋醫生豎起了大拇指，領著邵君、鴉片和莫小非大步走向那巷弄間的怪樓。

「就你們四個？」紳士問：「不多帶點手下？」

「這麼貪心，想將我們一網打盡？」安迪呵呵一笑。「光我們四個，已經價值連城了。」

「也是。」紳士點點頭。

安迪當先抬腳踏入怪樓裡，同時摘下一枚戒指。

「哇，安迪你太大驚小怪了吧，何必這麼快摘戒指！」莫小非擠過安迪身子，奔入怪樓大廳正中，繞了個圈環顧四周，短裙飄揚。

大廳裡燈光昏暗，梁柱牆面都是磚砌而成，壁面掛著一幅幅畫作，有些展示小櫃上擺著不甚起眼的雕塑或手工藝品，看來像座小美術館。

莫小非半奔半躍地來到幾幅畫前看了看，又瞧了瞧幾處展示小櫃上的手工藝品，抓起一隻手工布娃娃隨意把玩，將娃娃手腳都打了個結後自個兒笑了笑，然後扔下，抱怨說：「好無聊的地方，有沒有酒喝？」

「有。」紳士的聲音從這小美術館天花板上一處擴音器傳出，底下壁面抖了抖，地上竄起一張小圓桌，桌上擺著名貴紅酒和水晶高腳杯。

「哇！」莫小非奔到圓桌邊，拿起紅酒揭開瓶蓋，湊著瓶口聞嗅幾下，說：「好香喔！可是——臭紳士，你當我笨蛋啊，你以爲我會喝敵人送的酒嗎？」她這麼說，雙手往圓桌一掀，圓桌發出一陣喀吱喀吱的聲音——她本來只是想隨手掀翻桌子，但這小小圓桌的三支桌腳卻像是生了根般黏在地板上。

「咦？」莫小非呆了呆，加大力量扳動圓桌，她雖然未摘戒指，但身體力量可遠遠超過正常成年男人，此時她掀桌力量足以提起一輛重型機車，只聽見喀啦一聲爆響，圓桌桌板被她掀得四分五裂，但底下三支細木桌腳依舊文風不動，且四散的碎片迅速接合，又恢復成原本的小桌，連那翻倒的酒瓶和水晶杯都還原立回桌上。

「哼，我都忘了這裡是你的結界。」莫小非哼哼地說，轉頭只見門外黑夢勢力已逐漸壓進紳士淑女的結界範圍，白石板樓宇上那些雕飾、火把逐漸被腐鏽鐵架招牌淹沒。一條條漆黑線路自門外爬入這小美術館，昏黃燈光閃爍數十下後，變成殷紅一片。

「黑夢壓進來了嗎？」莫小非皺著眉頭，撫了撫麗塔給她的新戒指——那是她用以控制黑夢的專屬道具，又伸手去掀那圓桌，再次將圓桌掀得爆裂，然後再復原。

鴉片和邵君、安迪等人互望了望。鴉片握握拳頭後張開，伸手將一處展示小櫃上的人像雕塑捏了個粉碎；邵君舐了舐唇，伸手在壁面幾處畫作上點了點，幾幅畫作上淌下一片片紅褐色血幕。

鴉片將專屬的黑夢道具埋在掌心裡，邵君的黑夢道具則是她那舌環。

被鴉片捏碎的石雕旁又立起兩尊較小的石雕，持著掃把打掃起散落的石雕碎片；邵君面前幾幅被血幕染紅的畫作上紛紛發出擦玻璃的聲音，猩紅的血跡被畫作上人持著抹布擦開，其中一個人像正是紳士——紳士擦開血跡，朝邵君眨了眨眼。

「那些獏的力量比艾莫預估得更加成熟。」安迪仰頭四顧，踩了踩地板，地板上長出大片碧綠青草。

跟著，在碧綠青草上也竄出一群蹦來蹦去的石雕小兔子。

眾人望著那些石雕兔子，一齊望向安迪。

「草是我變的，兔子不是。」安迪呵呵一笑，拍了拍手說：「各位，現在這個地方，同時並存著我們的黑夢和紳士的結界。」

畫作上的紳士挑了挑眉，捏著小茶杯，做出了乾杯的姿勢。

「哼，我才不信呢！」莫小非重重跺了跺腳，幾道黑影自她腳下竄出，四面亂爬，黑影爬過之處立時竄出一個個漆黑影子女僕，拿著黑影掃把四處亂打，將雕塑、工藝品和畫作全打得稀爛。

她一面跺，一面說：「黑夢、黑夢、黑夢！快點吃掉臭紳士的臭結界啊，黑夢是我們的，絕不讓別人用！」

一隊石雕人像自後方奔出，每尊石雕手上都拿著石相機，對著那些短裙黑影女僕喀嚓喀嚓地拍個不停。

被打落的畫作位置立時又掛上新的畫作，畫面全是那些黑影女僕發狠亂打的模樣，其中還有幾張莫小非怒氣沖沖的特寫。

「哇！」莫小非盯著牆上其中幾張自己表情誇張的特寫，正想罵些什麼，便見安迪自顧自地往這小美術館深處走去，那兒有一道向上的樓梯。

邵君和鴉片也大步跟去，且各自取下一枚戒指。

二樓是條木造長廊，兩側是紙門，鴉片和邵君一面往前，一面隨意撥開或扯爛紙門，裡頭大都是些空房，這長廊加上房間的幅地範圍，已遠遠超出原本的巷弄怪樓面積。

「如果那些傢伙只是想裝神弄鬼，我懶得奉陪了……」鴉片在接連踹爛幾處紙門後，打了幾個哈欠。

「我看他們是在拖延時間。」邵君冷冷笑著，又拉開一道紙門，突然咦了一聲。

紙門裡的空間比其他房間大上許多，地板是榻榻米，正中央站著一個身披鎧甲的日本武士，那武士臉上戴著面具，鎧甲上貼著密密麻麻的符籙，符籙上綻放著螢光。

「小非，摘下戒指。」安迪這麼說，直視著裡頭的鎧甲武士，說：「對方不露面，我們的黑夢占不了太大便宜；我們現在對壘的敵手，是英國的紳士淑女和日本的清原長老，他們都是晝之光裡最頂尖的四指獵人，你們做好準備了嗎？」

02斷後三戰

「這個武士，就是清原的『式神』？」邵君大步一跨，率先走入那日式房間。她在上樓前已經摘下一枚戒指，此時在刻意壓抑力量的情況下，外貌與平時分別不大，僅臉頰微微浮現些許青筋。

「清原長老可是現今世上，少數幾個懂得『式神』的人了。」安迪這麼說。

「式神？不就是魔嘛……」莫小非哼哼地說：「取個文謅謅的名字想嚇唬誰呀。」

「『式』是差遣的意思，『神』泛指天地鬼靈；那是人家從古流傳至今的異術，怎麼會遷就妳的習慣來取名呢。」安迪哈哈一笑，補充說：「清原長老可是靈能者協會前一任日本分部的首席除魔教官喔，你們得叫他一聲老師了。我希望今晚這一戰，能讓你們學到更多東西。」

「老師咧！」莫小非哈哈一笑，倏地身形一晃，猛一跺腳，腳下黑影竄上她的腳踝，將她整個人往前飛托，搶在邵君前頭竄近那鎧甲武士，一手掐上武士的頸子——

她只抓著幾張符。

那鎧甲武士在被莫小非抓著頸子的同時，像是被風吹開的雲一樣倏地化散，身上符紙伴著流溢光煙一張張落下。

武士身後的紙門喀啦啦敞開，門後是兩名開門的小僕，更後面是間更大的房間，地上仍鋪著榻榻米，裡頭有些人持著竹劍、有些人穿著道服，連同開門的小僕在內，所有人身上都貼著符，溢著青色光煙，他們全都是清原長老役使的鬼靈——式神。

「哦！」鴉片佇在眾人之後，此時眼睛一亮，見到了那彷若道場的大房中，唯一身上沒貼符、沒青光的傢伙——

泰國拳王拉瑪伸。

拉瑪伸此時赤裸著上身，只穿著一條格鬥短褲，雙拳和雙腳裹著紅色紗布，頭上戴著泰拳傳統頭環、胳臂上也纏著臂箍，他扭著脖子，兩眼如虎，視線越過邵君、莫小非和安迪，盯住了鴉片。

「你們退下！」鴉片大聲一喝，擠過安迪，撥開邵君和莫小非，一個箭步奔入那寬大道場裡。

「喂，你很粗魯耶！」莫小非被鴉片大力推開，氣得大罵，身旁的邵君連忙安撫說：「哦，那本來就是他選的人吶。」她說到這裡，東張西望起來，一副想對著這和室裡監視著他們的人說話般。「我的呢？剛剛拿刀的那白人小痞子。」

「咳咳——」紳士的聲音在室內響起。「黑摩組的朋友，醜話先說在前頭，你們擁有的指魔力量有多強大，大家心裡有數，我和清原長老絕不會允許夥伴和你們一對一，必要的時候，我們都會出手、不擇手段；你們也可以使用黑夢，大家交流交流，想殺就殺、有仇報仇，打不贏可以逃、打得贏隨你追殺，如何？」

「這麼囉嗦，你們有多少人，一起上吧。」鴉片拉筋伸展，道場裡式神全退開老遠，留下他和拉瑪伸兩人相距數公尺。他見拉瑪伸目不轉睛地盯著他那摘下戒指後微微冒煙的無名指，哈哈一笑，說：「你這麼怕，我戴上好了。」他說到這裡，就要伸手進口袋取戒指。

「鴉片。」安迪陡然出聲。「你即使摘下戒指，也能夠自由控制力量，不是嗎？」

「你不必戴回去。」拉瑪伸哼哼地說：「我承認我打不贏摘下全部戒指的你，但只摘一枚，應該有得打。」他這麼說時，雙拳橫在胸前輕擊兩下，裹著拳頭的紅色紗布撞出一股股如火紅煙。

「哼……」鴉片回頭瞪了安迪一眼，張開雙臂矮著身子，又擺出如同狩獵一般的角力戰姿。

小和室內左右壁面又分別出現兩扇紙門，同樣緩緩拉開，裡頭通往兩處猶如美術展場般的寬闊大廳。

兩處展場大廳裡陳列著一面面展示牆和展示櫃，不論燈光、格局、風格都大同小異；不同的是，一處展示廳裡掛在牆上、擺在架上的，是各式各樣的長短槍枝；另一處展示廳裡，則陳列著五花八門的刀劍斧頭等冷兵器。

龐克倚在一面懸著上百把刀刃的展示牆前，舞弄著他那把大摺疊刀，對邵君比著中指，說：「媽的瘋婆子，我聽說過妳！」他邊說，隨手從身後展示牆上抓下一柄似鉗似剪、猶如刑具的怪異刃器，說：「我要把妳用來咬人的牙齒一顆顆拔下來。」

「哈哈。」邵君笑了笑，向安迪挑舌示意，大步走入那刀刃展場裡。

另一邊的槍械廳裡，站在一座由長槍疊成的小山堆前的人，則是槍手瑪麗。

瑪麗雙手持著兩把巨大左輪手槍，背上還揹著一把霰彈槍，在她身邊還伏著一個怪傢伙，那傢伙身軀腦袋像人，四肢關節卻彷如獸足，手掌、腳掌倒仍近似人類；他的後背形狀怪異，還加裝椅墊，在後頸下方生出怪異骨節，上頭架著一挺人骨機槍，遠遠看過去，就像是一具裝著機砲的交通工具。

瑪麗望著安迪和莫小非，說：「你們哪個要跟我玩？」

「哇！」莫小非在這只有幾坪的小室裡來回奔走，連連探頭伸出三扇紙門左右張望，只見道館、刀刃廳和槍械廳這三間大室的空間都大得不可思議、應當重疊在一塊兒了，但實際上卻又互不影響，她轉頭對安迪說：「紳士的結界滿有趣的。」

「小非。」安迪向瑪麗點了點頭，再向莫小非招了招手，說：「有人等著妳。」

「哼，我說過我要她嗎？」莫小非望著瑪麗，說：「我要那個不受黑夢影響、拿著七魂的小子，鴉片跟邵君都挑了自己想要的玩具，我也要自己挑……她交給你處理吧。」

「不行，我得同時看著你們三個。」安迪搖搖頭。

磅地一聲槍響！

莫小非側身疾閃，肩頭中彈。

她弓著身子，視線瞪入瑪麗駐守的槍械廳裡，只見瑪麗嘴角掛著笑容，一動也沒動；子彈是在她身後遠處的手下，持狙擊槍射來的。

狙擊槍的子彈比手槍子彈來得尖長碩大，正好打在莫小非肩骨上，還露出一截子彈尾部在皮肉外頭。

「好厲害啊。」瑪麗哇了一聲，說：「狙擊槍的子彈竟然打不穿妳的身體？」

「……」莫小非捏著子彈，輕輕拔出，眼中射出厲光。「想死，我成全妳。」

「小非，摘戒指。」安迪冷冷提醒，但話還沒完，只見莫小非重重跺腳，踏著影術閃電般竄入槍械廳。

瑪麗倏地翻身遁入那長槍疊成的小山後頭，遠處手下紛紛朝莫小非的身影開槍掃射。

轟隆一聲，小山炸裂。

莫小非站在四散的長槍堆中，卻不見瑪麗身影。

「妳速度好快。」瑪麗的聲音遠遠響起，她騎在那背後架著機槍的怪傢伙背上，遠遠地吁著氣、拍著胸口。「要不是在紳士結界裡，我應該很快就沒命了。」

「妳眞的很快就要沒命了喔！」莫小非又一聲尖斥，再次抬腳要跺地踏影，但腳下卻突然出現一個凹坑，她沒踏著地，自然跺不出黑影，且因踏空差點摔倒，伸手扶住身旁一處小展示台，卻又哎呀尖叫一聲。

那小展示台上不知什麼時候擺了個老鼠夾，莫小非手一扶，便給夾個正著。

「哼！」莫小非火冒三丈地扯爛那老鼠夾，正要發火，便聽見轟隆隆的槍聲大作，是瑪麗駕著那怪異機砲獸遠遠地朝她開槍，同時遠處其他手下也四面開槍轟擊。

一陣真實彈雨夾雜著各種符法子彈射上莫小非全身，她抱頭遮擋，身中上百槍，子彈打進她的肉裡，但打不穿她的骨，符法子彈有冰有火、有電有毒，燒爛了她的衣服，侵蝕著她的皮膚。

「喝！」莫小非怒火沖天，雙拳猛一搥地，幾道大影拔地竄起，替她擋下後續幾波掃射。

「乖乖聽我的話摘下戒指不就好了。」安迪搖搖頭，將視線轉向鴉片和邵君那兩處戰局，他隨手拉了張座墊盤腿坐下，還抬頭望望天花板，說：「紳士，你安排誰給我？你，或是清原長老？」

「安迪，這兒——」紳士的聲音自角落響起，一台小小的電視機自地板竄出，螢幕閃爍幾下，出現了紳士的黑白畫面，他挑挑鬍子，說：「我們老了，怎麼跟你們年輕人比拳頭？中國的蠱姑和美國的巫師，你都聽過吧。」

紳士這麼說時，安迪面前緩緩升起一張和室桌。

桌上擺著茶杯茶壺和一只漆木點心盒。

茶杯裡爬出兩隻五色斑爛的大蜘蛛。

茶壺口鑽出一條條大蜈蚣。

點心盒爬出一隻隻大蠍子。

安迪靜靜望著那些蜘蛛、蜈蚣、蠍子快速爬來，伸手在桌上按了按，上面多了幾隻模樣古怪的紅色癩蝦蟆。

幾隻癩蝦蟆倏倏地飛吐長舌，將爬來的蜘蛛、蜈蚣、蠍子全吞進肚子。

桌下也發出窸窸窣窣的聲音，底下正往安迪座墊爬的毒蟲是桌上的無數倍，但守護著安迪的紅色癩蝦蟆也有十來隻。

「反應真快。」紳士喝了口紅茶，說：「你用的就是傳說中那大狐魔的法術？」

「這法術原本叫作『墨繪』，對我來說太文雅了。」安迪笑了笑。「我改良成適合我的法術──『血畫咒』，很多年前取的名字，那時我年輕氣盛，現在掛在嘴上提，反而有點不好意思。」

「坦白說，你現在這副悠閒態度，眞是大不敬；在日落圈子裡，我們可都是你的大前輩呢。」紳士悠悠地說：「只是你確實有這實力。」

一條幼童胳臂大小的蜈蚣，自那窄小不足一指粗的茶壺口誇張鑽出。

一隻隻巴掌大的黑紅色巨蛾自茶杯裡飛出。

一隻隻亮青色的蠍子從點心盒裡爬出。

安迪堆放上桌的紅蝦蟆也更多更凶了，紅蝦蟆們像是獵犬般撲上巨大的蠍子和蜈蚣，與之纏鬥噬咬起來。

這些蠍子和蜈蚣的螫針和毒牙都大得嚇人，或鉗、或刺、或咬，將幾隻紅蝦蟆的四足，甚至嘴巴都給扯裂，但紅蝦蟆背上一顆顆腫囊破開之後，淌出的紅漿一觸即燃，將凶猛的蠍子蜈蚣們燒得焦黑。

同時，十數隻血火蝙蝠則牢牢守住安迪上方，將各式各樣古怪飛蛾全燒成了火球。

「我不是輕敵。」安迪微微笑著說：「只是認爲，如果現在過不了你們這關，怎麼面對之後的協會大軍呢？」

「你謙虛了。」紳士說：「協會那些老傢伙怕你怕得要死。前兩天吶，那些本來要殺你的四指，反過來攻打我們，想必是你們唆使的吧；你擁有天下無敵的黑夢，又挾持著四指現任頭目奧勒，等於將全球四指勢力掌握在手裡了，要抵擋協會大軍，也不是難事，還這麼親力親爲？」

「眞有那麼順利就好了。」安迪笑了笑。「四指山頭林立，誰也不服誰，別說我挾持著奧勒，就算我繼任了奧勒的頭目位置，也未必能動員所有四指……趁現在多讓自己人累積點作戰經驗，總是好的。」

「辛苦你了。」紳士呵呵地笑：「頭目還得身兼教官。」

茶壺爆裂，一隻淒厲女鬼倏地往安迪臉上竄去——被安迪抬手接個正著，一把掐碎了腦袋。

「不讓你看。」紳士彈了記手指，三扇紙門緩緩關上。

「……」安迪揚了揚眉，紙門再度打開。

「我差點忘了，你們的黑夢已經踩進來了。」紳士撫額，瞪大眼睛地連連哎呀起來。「現在這個地方由我們共同管理。」

三個方向、三個空間裡的三場戰鬥同時展開。

道館裡，只摘下一枚戒指的鴉片和拉瑪伸做足伸展動作後，開始大步往前，在距離只剩下三公尺時，拉瑪伸搶先出手，猛地往前加速奔騰，一記飛身前蹬直踢鴉片鼻子。

鴉片探手一抓，牢牢抓著拉瑪伸的腳踝，正想使力捏碎他腳踝，卻感到掌心發出一股熱燙爆炸——拉瑪伸的雙足都纏著紅色紗布，他的「紅雲」有各種功用，其中一招能瞬間炸出震波，除了作爲拳腳攻擊的連帶傷害，也能作爲被擒拿住關節時掙脫之用。

鴉片還沒反應過來，拉瑪伸的空中迴身第二腳，已結結實實地蹬在鴉片鼻梁上，且在他臉上留下一片「紅雲」。

紅雲燃起的火籠罩著鴉片整顆腦袋。

鴉片伸手抹了抹臉，抹去火焰，跟著連續擋下拉瑪伸兩記掃腿，逮著個空檔，攔腰抱住拉瑪伸側腰，仰身使出一記翻摔。

噗的一聲，兩人腳下本來是踏實的榻榻米地面，卻變成了一團軟綿綿的氣墊，使鴉片這一摔變得毫無作用。

拉瑪伸像是早有準備，翻了個身掙脫蹦起，腳下瞬間恢復成厚實的榻榻米，鴉片腳下卻陡然下陷，讓個頭不高的他站勢變得更低，臉上轟隆捱著拉瑪伸一記膝撞。

紅蜂伴著紅火在鴉片腦袋上再次炸開。

拉瑪伸不給鴉片任何喘息機會，閃電般連出三拳全擊在鴉片臉上，跟著一記鞭腿結結實實轟上鴉片腦袋——倘若是尋常人，拉瑪伸這記鞭腿能夠直接掃斷頸骨、踢碎顱骨。

但拉瑪伸卻未追擊，而是向後躍開，一拐一拐地低頭望著腳板上紅紗布那片黑印——鴉片摘下了第二枚戒指，使得拉瑪伸這記鞭腿，猶如鞭在鋼骨上。

鴉片這次沒有抹臉，光是憑著呼吸氣息，便吹散了臉上紅火、吹暈了那群紅蜂，他踏出凹陷的地板，指魔之力讓他臉上色澤斑斕，也看不出究竟有沒有被紅雲烈火燒傷。

「你喜歡玩這個啊？」邵君抓在手上的，是龐克那把寶愛的大摺疊刀。

龐克托著左臂，遠遠倚著刀刃廳裡一處展示架，惡狠狠地瞪著邵君，他在僅僅數秒的短兵相接中，便被阿君掐斷臂骨、搶走大摺疊刀；他左臂上斷骨甚至插出了肉，露出一截在手臂外。

「媽的，我的寶貝妳沒資格拿！」龐克痛得滿頭大汗，隨手從展示牆上取下一柄藍波刀。

「你還想打？」邵君舔著手上那大摺疊刀的刀鋒，嘿嘿一笑，像頭獵豹般竄向龐克。她見龐克嚇得閃身躲進兩處展示架之間，便也追了進去，只見左右兩側展示牆像是電影裡的陷阱機關般飛快夾合，架上上百支刀刃全都豎了起來，龐克則早繞出展示架，像是早有預謀誘她進這陷阱一般。

邵君展開雙手，撐住飛快夾合的展示牆。

幾柄刀刃割過邵君的胳臂皮膚，卻僅劃開衣袖，在皮肉上刮出幾道淺痕，而沒能割破她的皮肉；也有幾柄較長的刀刃對準她的腰腹和大腿刺去，卻如同刺上堅韌物體般彎成曲形，甚至崩斷了刀刃。

一陣唰唰聲響起，展示牆上豎起的刀刃像電風扇般旋轉起來，轉速越來越快，離邵君較近的十餘柄長短刀刃，瞬間便在邵君胳臂、雙腿甚至身軀上斬下數百刀，將她衣袖和緊身皮褲斬了個稀爛。

「啊——」邵君微微仰起頭，發出陶醉的低吟。這些刀刃的威力，對於摘下一枚戒指的邵君而言，連平時在萬古大樓自宅俱樂部裡的娛虐道具都比不上。

「瘋婆子！」龐克在展示牆外對著邵君怒罵，突然朝著邵君按在牆上那柄大摺疊刀尖嘯一聲，那被邵君按在牆上的大摺疊刀竟然陡然變形，伸出彷若雙手雙足和身軀腦袋的構造，成了個小刀人。

這小刀人兩條前臂便是摺疊刀裡兩支刀刃。

小刀人晃了晃手臂，兩柄刀刃竟化出鋸齒，且飛快旋動起來，成了兩柄電鋸，對著邵君的手指狂鋸起來。

「喝！」邵君此時的力量雖然不怕尋常刀刃，但一來這小刀人的雙刃威力可比尋常刀械強悍許多，二來小刀人不是鋸她的手，而是鋸她戒指。只那麼一瞬間，便將她兩只戒指上的寶石鋸得碎裂，甚至連戒環也鋸斷，令邵君驚訝地連忙鬆手。

展示牆飛快夾合，兩端還翻捲起來，猶如包春捲般地將邵君包在正中。

一聲爆響，展示牆爆裂碎散。

被小刀人破壞了戒指而催動出兩股指魔之力、擊爛展示牆的邵君，雙眼凶光大盛，左顧右盼，笑著說：「小子，怎麼躲起來了，不是要跟我打？」

「我對你們晝之光的組織架構不是那麼清楚，但是我大概知道你屬於哪路人馬——」邵君嘿嘿笑著說：「美國晝之光只有幾支派別，你這種玩刀的技術，讓我想起幾個人。」

邵君講出幾個人名之後，再從細微的聲響和魄質變化，盯住了某處展示牆。

「那些人應該都是你的前輩吧，男的又高又帥，女的不算美但也算性感，他們的手跟腳都是上等極品，我們另有用處；所以，我能玩的，只有幾具剩下一顆頭的身體呢。」邵君緩緩說出幾個人的特徵，和他們被邵君當成玩具之後的大致遭遇。

那面展示牆後，發出了龐克的衝天怒吼。

邵君的動作快如雷電，平地霹靂般轟隆劈進那展示牆，一把掐住龐克的臉。

龐克持著他手中恢復成原形的摺疊刀奔回，一張臉被邵君掐得漲紅，淌著眼淚的雙眼中燃著像是想要燒燬一切的熊熊怒火。

邵君舉出的幾個人，都是龐克在東岸晝之光部門裡的摯友、恩師和前輩。

他手中那摺疊刀綻放出耀目彩光，一刀捅進邵君腹部。

「怎麼哭了呢，我發現你比我想像中更可愛呢……」邵君單手掐著龐克臉頰，對於腰部中刀，一點也不以爲意，反而伸出紫色長舌，舔舐起龐克臉上的眼淚。

「唔——」龐克只覺得邵君掐著他臉頰的手，力量巨大得猶如挖土機怪手，令他全然動彈不得；他奮力拔動摺疊刀，卻無法將刀拔出，邵君腹部肌肉像是硬化了的水泥般，緊緊夾住他的摺疊刀。

「小子，你讓我好興奮，我忍不住現在就要……」邵君用野獸般的低吼聲，輕輕地在他耳邊說：「咬下你的——」

「哇！」龐克驚恐至極，連珠砲似地飆罵髒話，身子左右扭動，閃避邵君探近他褲襠的手。

一雙貼滿符籙、泛動青光的粗壯胳臂自邵君背後架來，牢牢扣住她的雙臂。邵君放開龐克，同時後腦飛快往後一撞。

耀眼青光陡然炸開，那架住邵君的巨大傢伙身子向後騰起，但一雙怪力雙臂卻未鬆開，將邵君拖遠好幾步。

「這麼棒的手臂，可惜——」邵君站定了腳步，見架著她那兩條如同雕像般的粗壯胳臂上貼著符籙、泛著青光，知道是清原長老派來助戰的式神。「不是活人。」

她這麼說的同時，突然揚手矮身蹲下，掙脫那式神的擒架，同時一手扣住那式神腳踝，再猛然起身，將那式神龐大的身軀整個掀翻，且未放開式神腳踝，而是將他當成大鎚，轟隆搥爛了兩面展示牆後，這才重砸在地上。

「阿君，再摘一枚戒指。」安迪坐在和室裡，冷靜下令。

「是——」邵君舐了舐舌頭，瞅著將她團團圍住的七、八個兩公尺高的雄壯威武式神，微微張口，又啣下一枚戒指。

一股黑氣迅速灌滿她淌在口外的長舌，令她兩隻眼睛的眼白部分都染得墨黑一片，眼瞳卻白得嚇人。

加上被龐克那小刀人鋸壞的兩枚戒指在內，此時邵君已同時催動起四隻指魔之力。

「龐克，退下，讓清原長老的式神接手。」紳士的聲音也跟著響起。

「不——」龐克的怒吼在刀廳中迴盪。

式神們紛紛揚起拳頭，轟隆隆地打向邵君身軀各處。

「噢、噢噢噢！」邵君張開胳臂，像是在享受日光浴般，享受著幾名粗壯式神的圍毆。

下一刻，她伸手將插在腹部、那又變化出手腳的小刀人拔出。她抓著小刀人手足，玩著他的手腳，偶爾一頭撞凹一個式神腦袋、偶爾一腳踏斷一個式神壯腿，一步步亂逛，像是在找尋龐克的身影。

「龐克，退下。這是命令。」紳士的聲音冷峻起來。「我和清原長老的命令。」

「你管英國，清原長老管日本。」龐克的怒吼自式神陣中竄出。「美國歸我管！兄弟們，這傢伙就是我們的仇人，他們就在這裡，我們現在就能報仇──」

隨著龐克一聲爆喝，邵君手上的小刀人再次變形，喀啦啦地化成一副手銬，銬住邵君雙手。

數名式神四面八方一同抱向邵君腰際，龐克抓著一柄從牆上取下的大刀，凶猛地朝邵君竄來。

邵君的視線卻未放在龐克身上。

而是放在龐克身後那陡然閃現的巨大傢伙身上──一個將近三公尺高、狼首人身、身披白袍的巨大傢伙。

那大傢伙持著一柄碩大嚇人的長柄鐮刀，那鐮刀光是刀刃便超過一公尺長，形狀像是彎月。

「龐克，退下——」紳士的聲音不再優雅從容，而是如同奔雷。

「邵君！」安迪陡然站起，發出罕見的怒吼聲。「別小看清原的式神！」

「別命令我！」龐克怒吼，大步一跨就要往前頭幾名壯漢式神躍去，但他身後那狼首式神體型巨大，速度卻是快絕，白袍一閃，竟竄到龐克前頭，朝著邵君舉起鐮刀，重重劈下。

在短暫的瞬間中，邵君一連吃驚了好幾次。

一是身邊幾個攔腰箍架著她的壯漢式神，力量比她預估中強悍許多，令她無法如預期般輕易掙脫，而是被牢牢箍在原地。

這些壯漢式神數十秒前那陣重拳亂揍，竟然未使出全力，原來是清原長老刻意令她鬆懈而下達的戰術指示。

二是龐克那變化成手銬的摺疊刀，也比她想像中更加堅韌，她在發覺無法輕易掙脫壯漢式神圍抱時，本能地想要快速擊殺這些式神，但這副堅韌的摺疊刀手銬減緩了她的動作。

在這瞬間的最後一刻，她本能地舉起雙手要去接擋那狼首式神劈下的鐮刀，但已經遲了半步。

巨大鐮刀尖端精準地劈進她的鎖骨和肩胛骨之間，穿過肺臟、肝臟和更下方幾處臟器，彎曲的鐮刀尖端甚至自她體內鑽勾向外破出，露出數公分刀尖在她的腹肌外。

鮮血自邵君口鼻炸出，她抬著雙手，以掌根部勉強挾住鐮刀刀刃，阻止鐮刀繼續往她體內推進。

此時她的雙手手指變化不定，左手現出十二根手指，右手則有十根手指——四指以指煉魔，這些「多出來的手指」，是邵君爲了收納更多指魔而準備的「空房間」，平時以法術消隱掩飾，此時因催動全力而顯現出來。

龐克自那狼首式神身後繞出，踩上壯漢式神後背，倒持著一柄隨手抓來的尖刀，往邵君臉上刺去，但刀尖僅刺入她皮膚之後便喀啦一聲折斷。

迎面一陣血紅烈燄撲面炸來——

那是安迪擲來的火焰蝙蝠。

火焰蝙蝠轟隆地炸上龐克身軀，將他炸得騰空飛起。

同時，在那片火蝙蝠炸出的熊熊火海後，又竄出一批白猿，那些白猿體型接近銀背猩猩，兩隻眼睛紅通似血，凶猛撲上壯漢式神、狼首式神，張口就咬。

這些白猿和火蝙蝠，都是安迪那改良自硯先生墨繪術的血畫咒裡的法術。

「安迪，謝啦……」邵君的眼耳口鼻都溢出奇異妖風，她緩緩將巨大鐮刀往上抬，一吋一吋將巨鐮抽出體外。「但是就算你沒出手，我也不會有事。」

前一刻，她以掌根部挾著鐮刀刀刃的同時，也以拇指將手上其他戒指一枚枚推下。

此時她體內竄動著二位數指魔的力量，周圍大火瞬間被她身上炸出的戾氣撲熄。

啪嚓一聲，狼首式神那巨大鐮刀的刀刃被她雙手二十二指硬生生掐斷，小摺疊刀變化成的手銬也在她怪力之下給扯得四分五裂。

幾個壯漢式神鬆開手，衝去搶救那被白猿團團圍住亂咬的龐克。

留下持著巨大斷鐮的狼首式神獨自攔著邵君。

邵君抽出留在她身軀裡的半截鐮刃，舐著刃上的血，三十秒內，將狼首式神撕成了數大塊。

她猶如一道黑色電光，在刀廳中來回穿梭，卻找不著早一步被式神們救出重圍的龐克。

四周像是劇烈的地震般，天搖地動起來。

「安迪！」莫小非氣急敗壞地尖叫著，提著兩塊黑黝黝的東西，自那槍廳奔回和室。「麗塔姊這戒指有問題啦！」

安迪攙扶著邵君，正從刀廳走回和室，見莫小非左手提著一截猶如人身的東西，右手抓著一柄毀壞的怪異機槍向他抱怨，便問：「什麼問題？」

「我試了好幾次，一直沒辦法控制那女人的腦袋。」莫小非拋下手上的軀幹和斷槍，氣呼呼地說：「她逃不走了，我只砸爛她騎的這隻怪東西！早知道我一開始就全力打她的人，不弄她腦袋了，根本沒效嘛……」

「不是戒指沒效。」安迪嘆了口氣說：「是他們的貘太有效，紳士淑女的結界厲害，我剛剛也試了幾次，雖然我們的黑夢已經滲入他們這個結界裡，但我們在這裡，卻沒辦法像在黑夢裡那樣隨心所欲。」

「哼……」鴉片臭著臉，也自道館走回和室。

「你也沒抓到你的玩具呀？」莫小非見鴉片一臉憤慨，空手而回，便嘻嘻笑著說：「讓他逃啦？」

「那個垃圾打不贏我，只能搞一堆怪東西不停搗亂，垃圾……」鴉片翻了個白眼，一副滿腔怒火無處發洩的模樣。

莫小非往道館空間裡看去，只見裡頭的榻榻米紛紛長出黑黴，穿出一條條怪異鋼筋。

同時，四周和室也開始晃動，紙門發出黴斑之後腐爛碎裂，木製門框穿出鐵絲，地上的和室小桌也歪斜傾垮。

「我們的黑夢贏了？」莫小非望著四周動靜，還不停吸嗅著空氣裡的氣息，像是在確認空氣中那熟悉的氣味濃度。

「看起來是如此。」安迪轉頭，只見地上那黑白電視機裡的紳士已經不見影蹤。

轟隆一聲巨響，黑白電視機旁落下一台大型彩色液晶電視。

電視螢幕閃爍幾下，出現了宋醫生的身影。

「外面沒動靜了。」宋醫生站在那小美術館結界內部，像是自拍般將畫面鏡頭對準自己，緩緩繞著圈。

安迪等只見小美術館一樓裡，已經完全變成黑夢巨城裡慣見的模樣，充斥著金屬支架、黯淡髒舊的壁面和廢棄的電器家具。

小美術館外的結界對抗似乎也已經結束，黑夢壓過了一切。

「他們到底在玩什麼把戲？」邵君哼哼地輕觸腹部上一處小破口，微微露出了疲態，她消耗掉大量指魔力量，迅速修補了體內臟器的損壞。

「他們是在斷後，拖延時間掩護其他人撤退。」安迪轉頭四顧，只見三扇紙門空間內部，也逐漸被黑夢景觀取代。

「哼！」莫小非氣呼呼地說：「早知道就不跟他們玩了，應該殺進他們老巢，直接把臭紳士臭淑女跟臭清原老頭子抓起來！」

「妳知道他們躲在哪嗎？」安迪問。

「仔細找應該找得到吧。」莫小非說：「他們現在應該還在結界地道裡吧。我們兵分多路，一口氣全部摘下戒指，我們可以像飛機一樣快，就不信找不出來！」

安迪默然半晌，說：「如果剛剛我沒同時看著你們，你們很有可能碰到和邵君一樣的情形。」

「我說了，就算剛剛你沒出手，我也不會有事。」邵君這麼說。

安迪冷冷地望著邵君，說：「如果剛剛那小子背後殺出來的是伊恩，或是清原長老手下其他更厲害的式神，妳怎麼應付？」

「……」邵君攤攤手，不再反駁。「你對，是我不好，我太大意了。我真沒料到清原那些式神竟然還會保留實力。」

「他老人家詭計多端。」安迪說：「你們沒料到的事情，不會只有這麼一件。」安迪說到這裡，頓了頓，又說：「我希望大家可以記住今晚的經驗，你們要慶幸伊恩這次沒有出手，或是沒有餘力出手。想想，要是剛剛清原長老和伊恩同時出手，我們四個，很有可能會少一、兩個。」

「有可能先少掉鴉片。」莫小非吐了吐舌頭。「他最自大了，喜歡不摘戒指跟人打架。」

「剛剛最後摘下戒指的人是妳。」鴉片白了莫小非一眼。

「安迪。」彩色電視機裡，傳來宋醫生的聲音。

眾人望向電視機，只見畫面裡的視角對著一處柏油路面，幾隻怪異蠍子正包圍啃噬著一隻身子爛糟糟的死貘。

「好消息是樹老師改造出來的這棵樹確實有用，生出來的蠍子們很快就找到第一隻貘。」宋醫生苦笑著說：「壞消息是，這些貘沒我們想像中容易對付。」他說到這裡，將鏡頭一轉，畫面轉向某處地洞，只見地洞外圍著五、六隻巨大怪異蠍子，那些蠍子進進出出，將同伴屍身一隻隻拖出地面。

「那些貘這麼凶？」莫小非呀了一聲。

「那些貘牙尖嘴利，還會施展結界，我們的蠍子到了地底，就像老鼠碰到貓；如果要徹底清除地底所有的貘，可能要派出百倍甚至千倍的蠍子。」宋醫生這麼說。

「嗯。」安迪點點頭，說：「各位，今晚就到此爲止吧。」

03地下會議

小貨車駛在一條昏暗曲折的地下長道中。

車斗上數人全都神情緊繃地擠在吳楓身後，盯著她捧著的那台平板電腦螢幕。

那平板螢幕上，拉瑪伸抬臂擋下鴉片一記勾拳，那勾拳重得彷彿能夠擊穿石牆，即便拉瑪伸讓紅雲在臂膀外聚出能緩阻拳威的雲牆，卻仍被鴉片一拳擊得微微騰空。

鴉片第二拳來得又急又快，在拉瑪伸雙腳尚未著地前，便已朝拉瑪伸身軀勾去，但仍讓拉瑪伸勉強抬膝沉臂，化出雲牆硬是撐下。

「哦，你這法術倒是不錯。」鴉片眼睛亮了亮，像是挺滿意拉瑪伸那千變萬化、能攻能守的紅雲術。「作爲沙包，你比賀大雷更稱職——他太死板了，同樣的招式明明打不贏，也不變招。」

接下來數分鐘裡，兩人拳來腳往，倘若這是一場計分式的運動格鬥賽，拉瑪伸早已遙遙領先。他的紅雲變化多端，能夠化爲蜂群撲面螫眼、能夠化爲雲牆作爲盾、能夠化爲烈火焚燒——但鴉片呼口氣便吹飛了紅蜂和烈火、隨手一拳便擊裂雲牆，拉瑪伸的拳腳膝肘，對鴉片那堅如銅牆鐵壁的身體全然起不了作用。

鴉片一步步壓迫推近，將拉瑪伸逼到道館角落，令他像是擂台上被逼至角柱的拳手

般進退無路。

但這道館空間與真實擂台不一樣，兩側壁面唰地竄出一條條胳臂，有的掄拳往鴉片頭上打、有的伸去撩抓鴉片雙腳、有的替拉瑪伸格擋鴉片攻擊。

除此之外，鴉片腳下地面起伏隆動，一下唰地凹陷、一下陡然拔高，令鴉片不是出拳揮空就是腳滑，起初他只覺得新鮮，但很快便感到不耐，猛地一記重拳將拉瑪伸雙臂上那紅雲堅牆轟得煙消雲散，本以爲一舉瓦解了拉瑪伸防禦，能將他釘砸在牆上，卻沒料到拉瑪伸身後牆角竟也跟著退縮一公尺，讓拉瑪伸呼了口氣，又重整防禦姿勢。

「你用這無賴打法，也好意思跟我叫陣？」鴉片哼哼地說，輕輕摩挲手指，像是在考慮要不要多摘下一枚戒指。

「你動用指魔幫忙，我當然也能請幫手。」拉瑪伸嘿嘿一笑。「你要是不摘戒指，我早把你的臉燒爛了。」

「那你找更多幫手來吧。」鴉片這麼說，一口氣摘下三枚戒指。

「好，乖乖等我。」拉瑪伸這麼說，跟著身子往後一退，整個人埋入牆裡。

「喝——」鴉片怒喝，轟隆一拳擊進牆裡，卻只揪出一團碎石。

另一頭的槍械廳裡，瑪麗騎著那黑黝黝的怪異座騎四處游擊開火，莫小非速度遠快於瑪麗腿下那怪傢伙，但瑪麗占著地利，總是在莫小非追上前一刻閃身遁入展示牆或是梁柱之後，又從其他地方冒出來。

莫小非不時對著瑪麗擠眉弄眼，想利用黑夢力量控制瑪麗心靈，卻沒有太大效用；她偶爾也搶來幾把槍，試著開槍還擊，但那些槍不是莫名炸開，就是子彈往後射。她氣得跺腳踏影，甚至踩穿地板，踩進捕獸夾，那尖銳嚇人的捕獸夾雖未能傷及她的腿，卻令她煩躁不已。

她正要摘下更多戒指全力應戰，便感到遠處炸開一陣巨大凶氣——正是邵君捱了狼手式神巨鐮一劈、施展全力反擊的當下。

轟隆隆的碎聲刺耳響起。

地下窄道四周壁面開始崩裂、震動，載著張意等人的小貨車加速往前，經過一條略微向上的斜坡、穿過一面異光閃爍的「門」後，四周又陡然暗下。

這是紳士淑女那地下結界其中一條撤退路線。

張意望著後方那堆著幾處三角錐、停著的幾輛毀損箱型車和小轎車處緩緩燃起大火——那是結界撤退通道的出口。

張意想起，當初和長門從華西夜市賭場的地底金庫，逃回底下租屋處時的那條結界通道，也和剛才一樣崩裂消散，好讓敵人無法循跡追殺。

他看看路牌，此時他們已經遠離三重，來到新莊、五股一帶的縣道，正往桃園方向前進。

小貨車繼續往前行駛了好半晌，轉進一條曲折山道，駛入一處廢棄工業區裡。

眾人紛紛下車，在那廢棄廠區繞走半晌，推開一處不起眼的建築後門，進入地道。

那地道四通八達，還有幾處會議室和休息室，其中有間房裡伏著兩隻貘——這地道是晝之光後方成員築出的結界據點之一。

「大家都沒事吧？盲婆婆什麼時候來與我們會合？」吳楓走入那會議室，焦急地左顧右盼，一會兒按按電視開關、一會兒碰碰電腦開關，卻全無反應。

會議室一面牆上降下一片投影布幕。

儘管室內亮著微光，且布幕對面也無投影裝置，但那布幕上仍然清晰地出現了畫面。

是清原長老。

面無表情的清原長老，看來與往常沒有任何分別，一旁的紳士卻猶如老了好幾歲般癱軟在一張藤椅裡，身旁的淑女則窩在另一張藤椅裡，喝茶翻書。

同時，會議室裡所有大小螢幕紛紛亮起，那是自地下結界撤退至各處據點的晝之光成員。

「各位，這次行動非常順利。」清原長老身邊一名身穿和服的年輕女人開口說話，像是代替虛脫的紳士主持會議。

「拉瑪伸、龐克和瑪麗已經進入反攻位置，他們隨時都能行動，嗯……」那主持會議的和服女人說到這裡，盯著桌上的記事本半晌，那記事本上的頁面會自動浮現出文字，那是各處據點回傳的文字消息。「龐克說，請清原長老立刻下令，他現在就要進攻黑夢——」

「師兄？他們要現在反攻？」張意聽那和服女人這麼說，有些訝異，低聲問頭上的摩魘火。「龐克他們……就是你之前說的敢死隊？」

「敢死隊行動時間沒有預期，全等清原長老下令。」摩魘火這麼說。

龐克、瑪麗和拉瑪伸三人今晚，除了拖延黑摩組成員時間、讓整個地底結界的夥伴們自四通八達的結界撤退到遠處據點的任務之外，並未跟著眾人一同撤離，而是各自領著手下，經由其他結界通道，前往三處更接近西門町的地底據點埋伏駐守。

按照他們的預期，三支小隊中幾隻隨行的貘，能夠建立出一小塊不被黑夢侵擾、不被黑摩組發現的保護空間。他們藏身其中，等待其餘埋入地底的貘一一甦醒，掘出更多地道之後，順著地道展開突襲，直攻幾處預定目標，救援受擄的夜天使夥伴。

那女人話還未完，四周螢幕已經爆出一片叫罵，各國語言在翻譯靈的作用下，變成了人人都聽得懂的指責斥罵——

「叫龐克閉嘴！」「他剛剛抗命，差點害大家都逃不了！」「叫他乖乖把斷手治好！」「大部分的貘都還沒醒，怎麼進攻？他有本事自己挖洞？」

張意等人只見會議室裡又一處螢幕亮起，畫面上正是龐克。

龐克身處一間昏暗的石砌密室，裡頭有簡單的桌椅和床，環境與牢房幾乎沒有分別。

龐克盤腿坐在地上，身旁蹲著兩個看來像是幫派分子的胖壯美國白人，手忙腳亂地替他包紮斷骨胳臂。

龐克雙眼通紅，一手揪著頭髮，對著螢幕大吼：「你們沒聽見剛剛那瘋婆子說的話嗎？你們能想像我們的兄弟身處在什麼樣的地方、受著什麼樣的痛苦嗎？我現在就要去，我——」

清原長老伸手敲了敲桌，龐克的畫面戛然而止。

「要不要……」癱軟無力的紳士突然坐直身子，說：「讓我來敲昏他，雖然距離有點遠，但我費點力，應該還是可以控制他那個結界；我弄個一公噸的花瓶砸破那小痞子的頭……」

「不……」清原長老搖搖頭。「現在別做任何動作，他們派出蟲鑽入地下，別讓他們察覺出我們的氣息。」

「如果那天殺的小子……忍不住自行發動攻擊？」紳士問。

「那我們得做好犧牲他的準備。」清原長老這麼說。

拉瑪伸和瑪麗的畫面，也跟著在會議室裡多餘的螢幕裡出現。

「你們兩個情形如何？」清原長老這麼問。

拉瑪伸所在環境和龐克大同小異，只在角落多出一處小祭壇，上面擺著他的泰拳頭飾和臂箍，有幾支小瓶、小杯，小祭壇旁的牆面貼著幾張照片，是他那已不在人世的家人和妻女——

也是他加入畫之光，誓言終生獵殺四指的開始。

「那傢伙比我想像中難纏，他只摘下一枚戒指，我已傷不了他，他們已不是常人……」拉瑪伸這麼說。身邊同樣圍著幾名手下替他治療傷勢；那些手下們端著奇異燭火，在拉瑪伸胳臂、拳腳上施術晃來繞去。拉瑪伸儘管以紅雲術畫出的臂盾擋下了鴉片大部分攻勢，但他的臂骨、腿骨和肋骨仍因一記記巨大衝擊而出現十餘處輕微裂傷。

「那些傢伙在過去幾年的闖蕩過程裡，不停淘汰舊的指魔、換上新的指魔……」紳士儘管離清原長老的會議桌有段距離，卻仍忍不住開口說話：「他們可在身體裡養著一批恐怖大軍喲。」

「你現在應該休息。」淑女望了紳士一眼。

「是的……我真的需要休息……儘管我使用了那些貘的力量，但和黑夢對抗不到三十分鐘，幾乎讓我耗盡所有力量，如果時間拖得更長，我可能真的要倒下了……」紳士哎呀哎呀地站起身，持著他那漂亮手杖，伸手微微托起淑女下巴，在她額上輕吻一下。「好幾次，我差點暈死，但一想到妳，我彷彿又得到新的力量。」

「我確實不停灌注能量給你。」淑女淡淡笑了笑：「會議上別講這些東西，夥伴、孩子們看了不舒服。」

「無所謂，大家已經習慣了。」瑪麗插口說，她負傷最輕，此時正領著十餘名姊妹手下，整備、保養著滿桌長短槍械。她拿著一張手巾，試著她那慣用的左輪手槍，問：「我們什麼時候行動？」

「等他們發動下一次進攻時。」清原長老這麼說。

「剛才一戰，讓我發現一個有趣的現象，那或許是我們的優勢。」紳士來到清原長老身邊坐下，望了望桌上幾處螢幕，說：「你們發現了嗎？」

「我們的貘確實能抵抗黑夢？」「黑夢的威力沒有想像中厲害？」「他們太過自大、輕敵？」眾人你一句我一句地表示看法。

「這些都是其次。」紳士嘿嘿一笑，說：「我發現，他們幾個人裡，有好幾個笨蛋。」

「呃？」「那些傢伙確實很笨……但……」「這代表什麼？」大夥兒不解紳士這麼說的用意。

「我解釋清楚點好了。」紳士清了清喉嚨，接過手下遞來的茶，喝了一小口，說：「我認為他們五個人，應該不會將現在的權位和力量下放給更多人。他們雖然招募了許多手下，但那些手下負責的都是些層級極低的工作，例如打手；他們一直在追尋高高在上的力量和地位，或許安迪已經察覺出這一點會成為他們往後的弱點，但他必須尊重其他四個人的意願，然而那四個人，其中至少有三個，是笨蛋中的笨蛋。」

「這也是這次安迪必須親自出馬坐鎮指揮的緣故。」紳士繼續說：「龐克、瑪麗和拉瑪伸今晚對上的那三個人，其力量的強大已毫無疑問，他們能夠在任何一對一的戰鬥中獲得壓倒性的勝利，但是──如果是場長時間的『戰爭』，他們天下無敵的肉體會逐漸被他們的大腦拖累，一步一步陷入泥沼、持續犯錯直到出現許多無法補救的弱點──今晚一戰，我已確定這一點。所以安迪得像隻母鴨般帶領他們學習打仗，告誡他們輕敵的後果。但單靠一、兩場小規模戰鬥，能學到的終究有限，他們每一個人都高傲得不可一世，安迪得花上相當長的時間，才能得到滿意的成果。」

「嗯，然後呢？」拉瑪伸隨口問：「我們設計更多的陷阱來……逮那些笨傢伙？」

「拳王，看來你也是個笨蛋呢。」瑪麗一面擦著槍，一面說：「紳士的意思是，他們如果老是五個人出馬，那麼等到下一次大規模擴張黑夢時，他們的總部就空了——這也是為什麼清原長老說，等到他們下次發動進攻時，我們才行動的原因。對吧，紳士？」

「嗯……簡化之後來講，確實是如此沒錯。」紳士笑了笑，補充說：「我的意思是，他們在『大將』有限的情形下，無法同時進行多路戰事——所以，當他們發動下一次遠征時，確實會是我們攻入黑夢的好時機。」

「但有兩個關鍵。」一直未開口的巫師，提出了自己的看法。「一是我們的力量能不能擊敗他們五人以外的爪牙；二是我們能不能在他們主力返回之前，取得我們想要的戰果。」

「不愧是巫師。」紳士點點頭：「這正是我接下來要講的重點。」

「剛剛各位已經見識到我們的貘，確實能夠在黑夢進犯的時刻，保護我們的心智。」紳士說：「而我剛剛說過，他們不會同意下放更多力量，與其他嘍囉分享，那會令安迪以外的笨蛋們感到地位被稀釋。也就是說，倘若他們五人發動遠征，我們透過貘掘出的隧道展開反擊，那麼他們據點裡即便有強手，如果不能使用黑夢上層力量，也不會對我們造成太大威脅。」

「如果……他們遲遲不發動遠征？專心生產那些怪蟲子，地毯式獵殺我們的貘呢？」瑪麗這麼說。「我可無法在這個沒有熱水洗澡的地方等上一輩子呀。」

「熱水很快會替妳送過去。」紳士笑了笑，說：「他們很快會發現，我們那些貘沒那麼好對付，且我們後頭有迪奇家族大量繁殖那些貘，他們清除一批，我們再放一批。那些貘以夢爲食，眞要打起消耗戰，對我們並非不利，而且實際上……」

「瑪麗，妳得忍耐幾天。這段時間我們最好保持安靜，別輕舉妄動，那些蟲很有可能會找出你們。」清原長老揚手打斷了紳士的話，說：「我們收到了協會通知，黑摩組在幾天之後，會對宜蘭發動大規模進攻。」

「宜蘭？那是哪裡？」拉瑪伸、瑪麗等各國晝之光成員們，紛紛發出疑問。

「宜蘭？難道是穆婆婆的地盤？」吳楓啊呀一聲叫了出來：「他們的目標是穆婆婆守護多年的古井！」

張意身邊的台灣晝之光成員大都聽過宜蘭穆婆婆的大名，都知道她的雜貨店裡那口古井底下積蘊著巨量魄質，長年為各路妖魔、四指成員覬覦的寶地，大夥兒驚慌地交頭接耳起來。「如果讓黑摩組搶下那口井，黑夢的範圍起碼可以一口氣擴張到中南部啦！」「那樣我們的貘再會吃，也要撐死了！」「那個地方不是由協會監管嗎？之前協會一直清除著北部各地結界，怎麼偏偏漏了個最重要的？」

負責協助紳士主持會議的和服女人，花了點時間向各地據點的外國晝之光成員們解釋宜蘭穆婆婆雜貨店結界的來由和戰略地位。

「所以……」拉瑪伸問：「我們要趁黑摩組攻打……你們說的那個老太婆的時候，進攻黑夢核心？」

「不只如此。」紳士說：「我們得分出一支隊伍，從後方偷襲黑摩組。」

「為什麼？」瑪麗、拉瑪伸等紛紛表示不解。

有的晝之光成員出聲抗議說：「協會擺明了要占我們便宜！他們趕不走那老太婆，

也不想讓黑摩組白白搶下來，又不想犧牲人力去守，卻要我們出手跟黑摩組硬碰硬。我們別上當，按照自己的步調走，別讓協會撿便宜！」

「現在這時局，也沒誰撿誰便宜這回事。」紳士淡淡地說：「其實這兩天清原長老和台灣協會分部的高層一直有聯繫，我知道很多朋友對倫敦那些老頭不滿，但無論如何，現在我們有著共同的敵人，讓協會撿便宜，總比讓黑摩組撿便宜來得好，協會在後方蓋城牆、我們在前線埋獏，本來就已經讓協會撿了個大便宜，大便宜底下附帶個小便宜，也沒什麼。他們小氣，而我們一向大方，重點是——」

紳士說到這裡，又喝了幾口茶，繼續說：「你們忘了剛剛巫師說的話？關鍵有兩個，第一個是我們的力量夠不夠趁黑摩組不在家時，攻進他們老巢，救出我們的夥伴；第二個關鍵，是他們究竟會離開多久——你們回想一下，我們來到三重，花了多少天才築出那個地底結界？而今晚他們只花多久時間，就攻破了我們的銅牆鐵壁？那個宜蘭的年老異能者，在黑摩組全力進攻之下，能撐多久？如果加上來回路程，連一天都不到的話，那麼我們三支敢死隊，或許連大門都沒偷進去。我們至少得將黑摩組困在宜蘭三、四天以上，替我們的敢死隊爭取更多時間。」

「將他們困在宜蘭三、四天？」「宜蘭到底在哪裡？距離這裡有多遠？」各處晝之光成員們紛紛議論起來。

「乍看之下有點難度，但請各位仔細回想我們剛才的討論，他們缺少有能力指揮大軍作戰的『大將』，從這一點來看，我們並非沒有機會。」紳士說：「他們就算打下那口古井結界，也得長期駐守，才能持續享用那古井的魄質；他們如果回頭救援黑夢核心地帶，我們就去搶下古井，用古井的魄質養我們的貘，一口氣造出更強大的結界，反過頭去咬安迪屁股；而他們如果死守不退，我們便能讓敢死隊爭取更多時間救援夥伴。」

「這樣啊……」瑪麗和拉瑪伸本來聽紳士說要瓜分力量去守衛協會負責的結界，本來有些不滿，但聽紳士這麼說明，反而不得不贊同這提議。畢竟今晚一戰，他們都見識到黑摩組核心五人的力量，對他們而言，那是絕難抵抗的巨大力量，如果黑摩組五人遠離核心地帶的時間越長，他們這些敢死隊，才能夠更充裕地救援受困夥伴。

「紳士，我有個問題。」瑪麗舉手說：「你說想利用那老太婆那口井的魄質來製造貘的結界，那麼，誰來替我們開路？難道你們……」

「沒錯。」紳士笑了笑。「我和淑女這三十年來，第一次要分頭行動。」

紳士這話一出，眾人可是譁然。

所有人都知道，英國鼎鼎大名的紳士淑女結界，一向由他們兩人共同建造經營。他們一同規劃結界骨架大局、布置各種巧妙陷阱，同時掌控結界裡所有成員和敵人的行動。有些人甚至形容，他們在戰鬥時，就像是擁有兩個身體的同一個人——自然，在某些必須親自出馬的場合裡，由紳士出面的次數總是比較多，那時候，淑女便負責作爲紳士的銅牆鐵壁，替他擋下一切攻擊，偶爾變張椅子讓紳士歇息，或是遞塊蛋糕、倒杯紅茶替他解渴解饞。

「這樣子……不會有問題嗎？」拉瑪伸等晝之光成員，開始有些遲疑。

「有！」紳士哈哈笑著說。「唯一的問題，就是打架的時候，沒人餵我吃蛋糕。」他這麼說的時候，還不忘從身後手下手中搶下紅茶壺，自己倒了一杯，大口飲下。「我得學著自己來。」

「我是說這樣一來，你們造出的結界，是否會有漏洞？」拉瑪伸哼哼地說。

「不知道。」紳士聳聳肩。「我自認不會，你們也知道我們造結界的方式不分彼此、也不分上下，從兩個人變成一個人，頂多結界規模小了點，但力量是一樣的，至於我們會不會因爲太想念對方，而亂了陣腳、出了差錯，這我就不敢保證了。」

「反正吶——」紳士說到這裡，哈哈一笑，站起身來，說：「如果我們眞的出了差錯，你們就得死。而我們，也不會獨活。其實大家從投身晝之光的第一天起，就已做好這樣的準備了，不是嗎？」

「也對。」拉瑪伸點點頭，站直身子朝螢幕抱了抱拳說。「我沒問題了，就照你們的計畫行動，只要你們造出通往黑夢核心的路，我就進去殺光他們。」

「拳王，我們的任務是救援受擄的夥伴，不是進去打架。」瑪麗這麼說，跟著也補了一句：「我也沒問題，細節戰術就交給你們傷腦筋了，這幾天我會準備萬全……對了，沒有熱水也無所謂，任務完成時，如果我們還活著，再來找熱水也不遲。」

「龐克呢？有沒有問題？」紳士這麼說，清原長老伸手在桌上點了點，龐克那面被關上的螢幕再次開啓，只見龐克正與幾個胖壯手下擠在一塊，專注盯著自己那端的螢幕，他們各個鼻青臉腫、紅著眼眶臉帶淚痕，像是打了一架又大哭和好一般。

「……」龐克等人盯著螢幕，好半晌才驚覺自己這頭的「鏡頭」又被打開了，又驚又怒地說：「哇！他們看得到我們！」「怎麼不先講一聲！」

一連串髒話自龐克那頭傳出，剛才他們雖被清原長老切斷了輸出畫面，但仍能得到主會議室和其他據點交談畫面；龐克激動之餘和幾個勸阻的手下們起了衝突，大夥兒辯起要戰要等，還打了一架，吵到前輩好友們受虐處境，又紛紛抱頭痛哭。他們邊哭邊聽眾人開會，知道幾天後就要發動總攻擊，便也不再吵，專心聽眾人談論戰術。他們聽紳士要和淑女分頭行動，可也驚訝不已。

「你的手，可以在行動之前恢復嗎？」清原長老冷冷望著龐克。

「當然可以！」龐克用拳頭搥搥胸脯，他那斷骨胳臂，已讓手下包紮完畢，施下治療法術，數日之內就能回復八成以上。他咬牙切齒地說：「可惜我那把刀被瘋婆子弄壞了，還好，我還有一把備用的！」他這麼說的同時，從口袋掏出一把新的摺疊刀。

那摺疊刀比他原本的大摺疊刀略小一號，且只有單刃，舞弄起來的彩光也不如原本那柄摺疊刀繽紛。

「就算我兩隻手都斷了，也能用口咬著刀作戰。」龐克激動地說：「敢死隊連死都不怕了，還會怕手斷？」

「好。」紳士拍了拍手。「到時候我，或是淑女，都會盡全力支援，不會讓各位白死。」

「所以，你們誰負責進攻黑夢，誰去宜蘭？」有人這麼問。

「這一點嘛……」紳士頓了頓，說：「我和淑女會再討論，請記住，我們兩人的結界是一模一樣的。誰負責哪一路，是我們自己的事，絕對不會影響夥伴們。」

「如果可以。」本來靜默的淑女，突然開口。「我希望兩條路危險的程度，是相同的，否則還真難決定。」

「是啊。」紳士點點頭，背對淑女喝著紅茶。

眾人見他倆神情，都知道他們希望讓自己負責更加危險的那條戰線，讓對方負責相對輕鬆的一條路，但若兩人都堅持這一點，那確實需要由他們自行討論。

「等等……如果到時候安迪也兵分二路，兩個人回頭支援黑夢核心，三個人守宜蘭，或是反過來，那怎麼辦？」有人這麼問。

「這也是我一開始說的關鍵。」紳士笑了笑，說：「他們笨蛋太多，安迪一個人分身乏術，如果他們分兵，那我們就集中力量打笨的那堆——如果安迪留守宜蘭，我或是淑女會盡量應付趕回黑夢支援的笨蛋們；如果安迪回頭支援，我或是淑女會用最快速度擊敗留守的笨蛋們。」

「這……」大夥兒對紳士的答案像是有些遲疑，他們今晚見識過紳士口中幾個「笨蛋」的力量，可是震驚不已，一點也沒有信心能光憑智取，便能制服那些「笨蛋」。

清原長老像是還想講什麼，後頭一名隨從突然呀了一聲，驚慌地擠近會議桌，雙手捧著一台體積龐大的舊式行動電話，遞向清原長老。

那電話上豎直的天線閃爍著奇異光芒。

清原長老接過電話，深深吸了口氣，望向紳士。

紳士像是察覺到電話那端的人般瞪大眼睛，捏著鬍子問：「是他？」

「是他。」清原長老點點頭，緩緩起身離開會議桌，低聲與電話那端的人交談起來。

同時，張意身邊眾人也發出一陣驚呼。

「就照紳士的計畫行動。」伊恩斷手睜開了眼睛。

「我帶這些人去宜蘭攔截黑摩組。」伊恩這麼說：「如果他們也分兵，笨蛋們就交給紳士或淑女；安迪，交給我。」

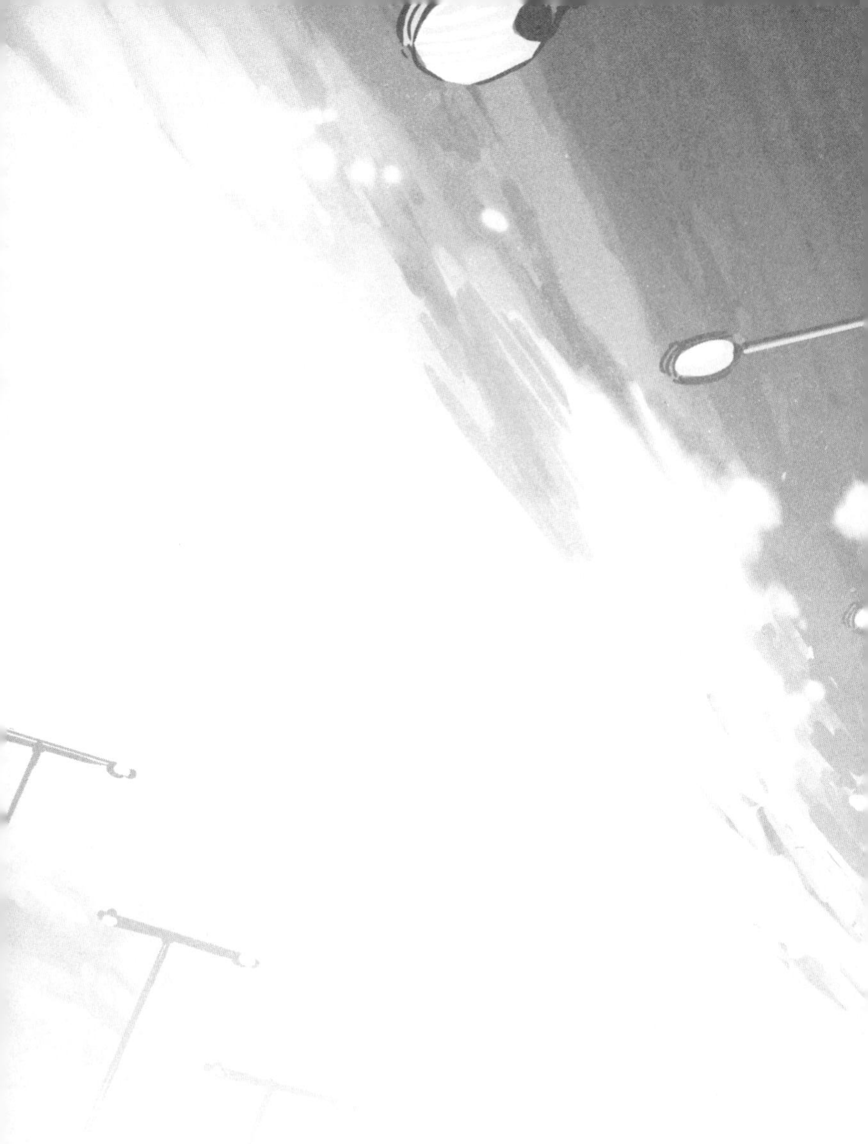

04古井神草

「你說百寶樹的果子有四大效用，食、醫、鬥、樂……」青蘋捧著孫大海這盆百寶樹，不解地望著孫大海，問：「這是什麼意思？」

「那是幾十年前年輕時想出來的把戲啦，現在要認眞說明起來，怪不好意思的……」孫大海站在穆婆婆臥房外小院古井大樹底下，仰起頭，見那古井大樹長得碩大茂盛，樹身還爬滿了青蘋種在井邊的黃金葛藤葉。

這株大樹就是當年孫大海和穆婆婆共同研發出的七枚神草種子之一種出來的神樹。這口井，便是當年孫大海絞盡腦汁竊泥，卻遭逢四指襲擊，和穆婆婆一同受困多日的那口井。

井裡溢出那源源不絕的豐厚魄質，不僅在過去百年成爲各路妖魔和四指覬覦的目標，幾十年來作爲這穆婆婆這雜貨店結界能量來源，如今也成了穆婆婆等人對抗黑夢壓境的最後壓箱寶。

在孫大海來到的前幾天裡，偶爾問及：「那樹長得好嗎？」穆婆婆也只是冷冷地回：「關你屁事。」穆婆婆不願讓孫大海踏進這院子，也沒說清理由。

然而青蘋明白穆婆婆心思，知道穆婆婆和孫大海過去那段相處時光的關係絕不只是合作夥伴。但他們合作的目標，卻是修煉能替穆婆婆舊情人尋魂的種子。

如今樹已種成，魂究竟尋回了沒有，誰也說不準；穆婆婆不願撤出雜貨店，便是不願與這株大樹分離。孫大海既是這大樹的催生者，也曾爲穆婆婆的老相好，兩人一樹的過往牽連，一時可難釐清分明。穆婆婆心中千頭萬緒，大夥心裡都有分寸。

孫大海偶爾多嘴，惹得穆婆婆煩躁，被青蘋數落了幾次，便不敢再問；然而幾天下來，大夥刻意不提大樹、不提古井，反倒令穆婆婆更不自在，便要孫大海將百寶樹也種入古井旁，好利用古井魄質生出更多果子。

「醫是醫藥、食是糧食、鬥是打鬥。」穆婆婆托著小八，站在一旁冷冷地說：「妳外公當年一心想種出一株能生出百種果子的怪樹。他異想天開，希望果子有百種功用，每天絞盡腦汁設計那些功能，只想了幾十種，便再也想不出，最後我替他擬定了三個方向，能當藥治病的果子、能作爲糧食的果子，和能夠當武器用的果子。」

「婆婆、婆婆！」小八自穆婆婆手上飛起，飛到青蘋肩上，揚開翅膀以翅尖指著她手上那盆百寶樹說：「剛剛青蘋說了四個字，醫、食、鬥、樂，最後一個『樂』是什麼效用？」

穆婆婆攤攤手說：「你自己問他呀。」

「樂，是娛樂的意思。」孫大海摸摸臉，有些不好意思地說：「我年輕時性情輕浮，覺得這百寶樹若只能長出醫療、食物、戰鬥的果子，未免太嚴肅，且自己其實也不太用得到，所以摻了些古怪點子，希望讓這百寶樹在承平時期，也能逗人開心、帶給大家歡樂，嘿嘿……」

「哼！」穆婆婆翻了個白眼，說：「帶給大家歡樂？分明只是些勾搭女人的把戲，你成天想這些稀奇古怪的玩意兒，像是變魔術般引人注意，好用來拐騙些小妹妹。」

「誰說我只勾搭小妹妹，我還……」孫大海聽了穆婆婆這話，便笑著想說他不只勾搭小妹妹，也能勾搭小姊姊，但話還沒說完，便讓青蘋在腰間拐了一肘，只得硬生生改口說：「那都是年輕時的想法了，我這些年總是後悔當年沒聽穆姊的話。其實一株樹上長出多種果子，花俏有餘，卻不夠專精。所以這百寶樹上的果子當成藥用，效用未必好過我其他藥樹上的專門藥草；當糧食裏腹，吃起來滋味和我那些肉樹果子一樣；當武器用，也只能應急。這雖然是我最喜愛的種子，但和同時種多種奇樹，也沒有太大分別。隨身帶著，頂多像是帶著個小儲糧箱子在身上而已……只不過，現在有穆大姊這古井源源不絕的魄質支援，這小小的糧箱可要變成取之不盡、用之不竭的大糧倉、大藥房和大軍火庫啦！」

「老孫！」小八嚷嚷地說：「所以最後一個『樂』到底是什麼呀？」

孫大海自青蘋手中接過那百寶樹，反轉小盆，將小盆揭下，將百寶樹連同底下盆土放在那古井上的土堆，捏著小樹枝芽低聲喃唸幾句咒語，只見百寶樹底下的盆土立時穿出了新根，一路穿入古井土裡。

他聽小八不停嚷嚷問那第四個「樂」是什麼意思，便伸手撥了撥樹枝，配合咒語，使之長出一顆紅通通的果子。

那果子約莫拳頭大小，呈正圓形。孫大海將那果子拋給青蘋，說：「妳試看看將果子打開。」

「這能打開？」青蘋捧著果子，左翻右看，只見那果子略微堅硬，果身上似乎還有條細縫，她便試著旋開果子，卻覺得手掌麻癢，像是受到了輕微電擊。

「用我教妳的結界開門法打開。」穆婆婆說。「要配合咒語。」

「嗯？」青蘋呆了呆，只見孫大海抿嘴想笑，知道這果子裡必然是些惡作劇的玩意兒，便小心翼翼地按照穆婆婆吩咐，用上結界法術，施咒一旋，像是旋開轉蛋公仔般地揭開了那果子。

果子一分爲二，紅光閃耀，嘩啦啦噴出一陣碎花瓣，還蹦出一隻古怪麻雀，振翅飛得老高，在空中唱起歌來，是首耳熟能詳的節慶歌曲。

「哇！」小八見了那麻雀，像是見著一個新奇大玩具般，歡喜地飛撲過去，拉著那麻雀說起話來。

「……」青蘋望著手上的空果子殼，不解地說：「外公，這就是你說的『樂』？就是你以前用來騙女孩子的把戲？」

「誰騙女孩子了！」孫大海攤著手說：「許多小孩也喜歡，也不只這麻雀，還能變出小猴子、小兔子、小狗兒、蜘蛛、蟑螂、蜈蚣……就是鬧開玩笑的小把戲罷了……」

「等等。」青蘋想了想，說：「那麼，在穆婆婆這古井魄質的加持下，能讓這些小猴、小鳥什麼的長得強壯點嗎？」

「強壯點？」孫大海呆了呆，又伸手捏了捏百寶樹的樹枝，施起咒來，還喃喃自語。「果子生得大點，蹦出來的傢伙就大些……哇！這井底魄質好厲害呀！」他施咒到一半，便讓眼前細瘦樹枝一端結出的那顆西瓜大小的果子嚇了一跳。

那果子像是沒有極限地持續長大，從西瓜大小變成了南瓜大小，從孫大海手掌心長到了古井邊緣，又垂到井邊地板，將整株百寶樹的樹身都拉得極彎。

由於有著古井魄質加持，孫大海也不擔心這大果實拉壞了百寶樹，而是踩在那逐漸膨脹的大果子上，持續唸咒任其繼續長大，直到青蘋和穆婆婆擔心那大果子擠壞了古井出聲喝止，孫大海這才停止施咒。此時他腳下這大果子足足有一輛小客車那麼大，有如童話故事中那南瓜馬車般大小。

他在那大果子上方踏了幾下，喃聲唸咒，只覺得腳下轟隆隆震動起來，果身上的裂縫綻出紅光，跟著轟隆一聲炸開，將他整個彈上半空中。

「哇——」小八也同時被彈炸飛天，只見四面八方飛起各式各樣的小麻雀、大鴿子，果眞如孫大海說的，一堆會飛的、不會飛的小鳥、小雞、小鴨，甚至是小狗、小猴、小兔子，全炸上了天，隻隻都唱著節慶祝福歌曲，會飛的一炸上天就轟然散開飛竄，不會飛的落下地四處繞走，像是玩具一般。

孫大海落在一處底下鋪著軟墊的水池裡，一身濕淋淋地站起，還滑了一跤又吃了幾口水——這水池是穆婆婆見他飛天臨時變出的，將他接個正著，否則孫大海這把年紀要是摔在堅實地面上，即便三餐吃那百寶樹治療果子，也得休養好多天了。

「你們祖孫倆，和那小狐狸一樣，在我家搗亂呀！」穆婆婆瞪大眼睛說。

「不……不是的，穆婆婆。」青蘋連連解釋：「我是想，如果仗著婆婆古井魄質，讓這些小東西長得大點，或許可以當成士兵來用……只不過，原來果子變大了，裡頭的小動物卻是變多，而不是變兇變大呀……」

「好主意！」孫大海見青蘋認眞思考自己過去設計這貪玩把戲的實用性，也開心地嚷嚷說：「要讓小傢伙們變大不是不行，但是得花點心思設計嫁接一下植株，將這百寶樹改造一番，穆大姊，接下來還得靠妳指點啦！」

「指點個屁，吵死人啦！快把這些鬼東西收拾乾淨，你們不是要讓黃金葛生出房子外嗎？還鬧什麼——」穆婆婆氣呼呼地環顧四周漫天飛鳥、遍地小猴小兔子小狗，各個呱呱唱個不停。

小八像是玩瘋了般在空中亂竄，拉著一隻又一隻小鳥尖叫，和著他們一同唱歌。

「好了、好了，別玩了，來幹正事！」孫大海吁了口氣，像是刻意想顯露身手般蹲了個馬步，雙手姿勢像是老派武俠電影般舞弄半晌，這才轉頭對青蘋說：「看清楚啦，這神草要這麼用——」

他說到這裡，站直了身子拍拍手，雙手抓住大樹下那黃金葛莖藤，嘴裡喃喃唸咒。

青蘋本見穆婆婆不耐，想叫孫大海少弄點花招，趕緊指揮神草幹活，但還沒說出口，便見到整株黃金葛發出瑩亮光芒，那爬滿整株古井大樹的莖藤及一片片葉子都閃耀起刺眼的光芒。

「呀！」本來與百寶樹變化出的幻術飛鳥嬉鬧的小八，讓這光芒嚇得亂竄，只見身邊的飛鳥逐漸消散隱退，取而代之的是耀目的金光和四處竄長的綠藤。

「啊……」青蘋儘管知道指揮黃金葛生長的方法，卻不知道這神草黃金葛能長得如此迅速，只十數秒間，那相距好幾公尺外、纏繞在古井大樹上的黃金葛莖葉，竟像是火花爆炸般擴散飛長到自己腳下。

在孫大海指揮下，黃金葛莖藤上每一段莖節都生出新株，每一株新株又迅速飛長，一變百、百變萬——

下一刻，這整片小庭院像是淹入綠色大水般，竄長堆高的黃金葛莖藤甚至淹到了青蘋和穆婆婆的小腿高度。

「哇！」孫大海自己也不敢置信，他整個人幾乎被爆發的黃金葛莖葉包裹起來，連忙回頭，望著穆婆婆。「穆大姊，妳這古井魄質也太豐厚了，這些神草種在這兒，簡直如魚得水呀！」

「廢話少說，快幹活吧。」穆婆婆哼哼地說：「要我替你指路嗎？」

「要，當然要。」孫大海嘻嘻笑著說：「我只懂操草，卻不認得妳這厲害結界裡的方位呀。」

穆婆婆也不答話，扠著手閉起眼睛踏了踏地，小庭院四周幾處建築上，都生出新的窗口。

孫大海也專心起來，操使著黃金葛，竄入那些窗口。

□

「有點重耶，你沒問題嗎？」

郭曉春佇在一處公寓樓頂牆沿，雙手托著一條毛線，毛線一端繫著一條細竹片，另一端綿延垂至地板。

她回頭，那垂至地板的毛線，在整片樓頂地板整齊排繞了上百折，幾乎占滿整片樓頂地板；毛線上每隔三十公分，都繫著一支浸過藥液、一端削成劍狀的細竹片——這是安娜在弄懂阿彌爺爺的「針陣」後，改良製成的「劍」。

「沒問題吶，不過就是一條毛線……」英武雙爪一抓，自郭曉春手上揪起那條毛線，振翅往天上飛升。

從這四樓公寓樓頂斜斜往下望，可以見到幾條街外的穆婆婆雜貨店；英武卻飛往另一頭一棟三層公寓樓頂上加蓋的鐵皮小屋，小屋前站著盧奕翰和夜路，夜路還高舉著一面旗子，不停搖晃。

「唔、唔唔唔……」英武揪著那條繫有許多竹片的毛線飛，起初不覺得費力，但當他飛得越高越遠，毛線上那一支支細竹片的重量疊加起來時，便讓他逐漸感到吃力了。

但他見夜路遠遠地在對面公寓搖旗，回頭又見郭曉春望著自己，要是現在回頭說力氣不夠，這面子可丟大了。他奮力振翅，還低頭從胸口啄下幾片羽毛鼓氣施咒，三片羽毛噗地變成三隻分身鸚鵡，一同振翅拱背撐著他的身子，替他分擔點重量，但畢竟法力有限，那些分身鸚鵡飛不了多遠便化散消失。

就在英武快支撐不住時，突然感到雙爪一輕，回頭一看，身後竟多了上百隻飛鳥，加起來兩百幾十隻爪子一齊抓著棉線。

只見後方公寓頂樓的郭曉春張著一支藍色紙傘，緩緩搖動。

那是郭曉春家傳十二護身傘裡的鳳凰傘，傘裡住著一支飛鳥部隊。

另一頭，盧奕翰站在樓頂牆沿，等英武飛近，一把揪著毛線往後拉到圍牆旁，將毛線綁在圍牆牆沿那透氣管上。

那透氣管的另一側，同樣也綁著一條繫有一支支竹片的毛線，毛線上還纏繞著密密麻麻的黑髮，延伸至另一個方向的一棟四層公寓樓頂——

這樣的長毛線共有六條，連接著六棟高矮不一的公寓，圍成一個巨大的六角陣，將穆婆婆雜貨店圍在中心。

盧奕翰綁好毛線，朝夜路使了個眼色，夜路立時來到另一邊牆沿大力揮揚旗子。

不一會兒，一條條黑色髮絲爬上牆，捲著那剛綁上透氣管的毛線，像是在毛線外覆上一層保護皮般，將整條毛線纏得堅韌如同橡皮管子般。

盧奕翰和夜路在牆沿朝底下望，見到巷子裡安娜身邊那桐兒、萍兒、梨兒，一齊舉起手，在腦袋上環抱出三個圓圈手勢，這才呼了口氣，往樓下走。

盧奕翰一面走，一面在肚子上拍了拍，跟著從口袋取出一條巧克力，剝開包裝吃了起來。

「現在滿水位嗎？」夜路隨口問。

「早滿了，大概平時存量的兩、三倍吧……」盧奕翰啃光一條巧克力，又拿出第二條，邊吃邊答。「但也差不多到極限，沒辦法囤積更多了，除非隨時隨地吃個不停……」

公寓樓梯間每個轉角處，都擺著幾個空罐、小寶特瓶等，裡頭插著一、兩支竹筷——這是阿彌爺爺的針陣。

這幾天，他們不斷煉治「針」和「劍」，擺放在穆婆婆雜貨店裡店外各個地方，據阿彌爺爺說，這些針能夠刺痛壞腦袋，讓黑夢無法碾壓進來。

巷弄裡，安娜微微仰著頭、閉著眼，雙手各自揪著兩條黃金葛莖藤，一頭及臀長髮騰空飄起，身上散發出一陣陣雄渾魄質——這些魄質自然不是安娜本人所有，而是來自穆婆婆雜貨店裡大樹下的那口古井。

要建造出一個街區大小的結界，單憑一、兩個人，至少要花上十天半個月，但在穆婆婆、青蘋、孫大海協力下，靠著黃金葛藤蔓引出古井魄質灌注進安娜體內，任由她指揮使用，僅兩、三天，就完成了這橫跨好幾條街的大面積結界。

「嗯？」盧奕翰和夜路左顧右盼，只見安娜長髮漸漸垂下、雙眼睜開，但四周街道全無任何變化，便遲疑地問：「還沒完成？」「還要多久？」

「已經完成啦。」安娜長長吁了口氣，額上淌下幾道汗水，她見夜路和盧奕翰有些遲疑，便說：「表面上沒有什麼變化，這是故意的，到時候你們就會知道。」

盧奕翰和夜路還想再問，便見到一條條黃金葛自穆婆婆雜貨店的方向往四周蔓延，往水溝裡鑽、沿著水管攀壁、順著牆角蔓長。

黃金葛的翠綠色澤只停留在不停蔓延的莖葉前端，後方那些已經就定位的藤蔓和葉子開始緩緩變色，褪去了原來的翠綠色澤，化成與四周壁面相仿的顏色。

「青蘋和大海爺也開工了嗎？」夜路走近一處沿著水管往上爬的黃金葛，輕輕觸著幾片黃金葛葉子，只感到那葉子摸起來便與正常葉子相同，但顏色卻是斑駁的暗灰色，若非刻意留心，否則遠遠望來，可難以在第一時間察覺到這些葉子和莖藤的存在。

此時，孫大海正在穆婆婆那小庭院裡，帶著青蘋協力施術，指揮受古井魄質加持的黃金葛莖藤蔓延生長，擴散至雜貨店外，爬上安娜與阿彌爺爺的針陣上，作用如同護牆上的利刺、電網。

「我們的銅牆鐵壁大致完成了，剩下來的，就是每一天持續強化了。」安娜抹著汗說：「婆婆那古井蘊藏的魄質深不見底，說不定真能和黑夢一拚喔……」

「……」夜路和盧奕翰互望了一眼，欲言又止。夜路支吾半晌，說：「先不管這結界在黑夢進攻下能支撐多久……安娜，妳有沒有失敗時的脫身計畫？」

「脫身計畫？當然有。」安娜呵呵一笑。「不然你以爲我會爲了一件協會案子而犧牲生命嗎？」

「我們不是說妳自己……」盧奕翰說：「我是說，連同穆婆婆、青蘋和她外公在內……」

「你們是在開玩笑嗎？」安娜瞪大眼睛。「我說過了，我只來是看看能不能絆黑摩組一腳，婆婆要走要留，關鍵在於她自己，我可勉強不來喲。」

盧奕翰還想說些什麼，卻被夜路輕輕撞了一肘，他見夜路對他使了個眼色，微微撇頭，只見穆婆婆佇在不遠處的雜貨店二樓窗後往這邊望，便不再多話。

05試煉之鬥

所有人的目光都停在盧奕翰身上。

盧奕翰面前堆著好幾個空盤和兩、三個大鍋。

孫大海的百寶樹在古井魄質和小八、英武的肥料加持下，能夠任意生出大量果實；穆婆婆也因此特地餐餐加菜，起初增加一盤肉，跟著增加兩盤肉，再跟著增加一大鍋肉、兩大鍋肉……

每一餐當所有人停下碗筷之後，便是盧奕翰大顯身手的時刻。

只要他拍拍肚子、畫上個咒印，他的胃就像是變成了無底洞，三兩下便將桌上剩菜一掃而空，且不會就此停手。他還會吃下數條從賣場搜刮而來的巧克力、數大包零食，以及好幾顆百寶樹長的甜美大果實——

「你會吃我知道，但不知道你這麼會吃。」孫大海捧著第二批百寶樹果實堆到盧奕翰面前。每顆果實都有香瓜大小，盧奕翰抓在手上，連皮也不削，張口就啃，連皮帶肉帶籽全吞下肚，十來口就能吃光一顆大果子。

「奕翰肚子裡住著一個叫作『阿弟』的小鬼。」青蘋在一旁收拾碗筷，一面說：「阿弟能將奕翰吃下肚的東西，全部轉化成魄質，囤積在奕翰身體裡，以備不時之需。」

盧奕翰身體裡的小鬼「阿弟」，有一段悲慘的遭遇，在各種機緣巧合之下，自一個年輕女孩體內甦醒，使那女孩失控暴食。

身爲協會除魔師的盧奕翰接手處理這件案子，最後將阿弟從那女孩體內揪了出來，卻陰錯陽差地呑進了自己肚子裡。

由於阿弟能夠將吃進肚子裡的食物轉化爲魄質供主人使用，盧奕翰便未將阿弟驅離，而是將他養在肚子裡，平時施咒讓阿弟沉睡，需要囤積能量時，才喚醒他大吃大喝——每一頓巨量暴食，都能讓他蓄積大量魄質，然而一旦停止進食，這額外積存的魄質也會逐漸流失，在兩、三天內回復到原本狀態。

這幾天爲了因應隨時進犯的黑摩組，盧奕翰喚醒阿弟的次數也越來越多，除了正餐，還隨時補充些巧克力、糖果等高熱量零食，讓自己體內魄質存量，時時刻刻保持在平時數倍的狀態。

「能吃就是福。」孫大海拍拍盧奕翰的肩，又捏捏他胳臂，只見他體態精壯有如運動員或國軍特種部隊。「這樣剛剛好，可別練成電視上健美先生那種大塊頭呀。」

「大塊頭沒那麼好練的……」盧奕翰一面啃著果子，一面隨口說：「雖然我要練也是練得成啦，但我練身體是爲了打架，不是爲了看起來壯而已。」

「打架可不是件值得說嘴的事呀！」孫大海瞪大眼睛，頓了頓，又說：「當然，打黑摩組可以，打四指、打壞人都可以，但你可別隨意逞凶鬥狠吶！」

「外公，你有所不知，奕翰最喜歡隨意逞凶鬥狠了。」夜路在一旁插嘴。「你沒看他折人手臂的狠樣，抓著活人的胳臂，喀嚓一聲掰斷，好恐怖啊。」

「嗯……」孫大海聽夜路這麼說，皺皺眉、搖搖頭，又望望夜路，也搖搖頭。「寫亂七八糟的東西也不太好呀……」

「你們要是能嫁接在一起那倒挺好。」孫大海嘆了口氣。

「嫁接？什麼是嫁接？」盧奕翰和夜路互望一眼，不解地問。

「嫁接就是把不同植物的莖枝接在一起，融合彼此優點，簡單來說就是合體！」英武這麼說：「老孫，我說得對不對！」

「合體？」小八嘎嘎叫嚷。「那不就變成貓狗肌肉人了？」

「對了一半吧，嫁接除了改良品種，讓果樹、花呀什麼的更好生長、抵抗病蟲害之外，也可以縮短栽種時間，提高收成量，很有用的……」孫大海笑呵呵地說：「如果呀，奕翰的忠厚踏實接上夜路的機伶聰明，那挺好的。」

「對呀！」英武和小八也在一旁幫腔。「鐵身加上大狗魔、老貓魔，簡直天下無敵呀！」「這樣夜路的貓狗還能從肌肉人的鐵身子裡鑽出來嗎？會不會被肌肉卡住？」

「如果是這樣的話……」孫大海滿臉笑意，左右看了看，像是在尋找青蘋的身影，只見捧著餐盤走進廚房的青蘋，似乎聽見他們的對話而轉頭望他，兩隻眼睛像是要噴出火來，一雙手則像是想要將盤子捏成兩半似地。孫大海立時改口：「那……穆姊就添了兩員智勇雙全、能攻善守的大將，黑摩組要頭痛啦！」

「外公，此言差矣。」夜路說：「智勇雙全、能攻善守的大將，現在我就是啦，不用嫁什麼接的。」

「能將奕翰的嘴巴接在你臉上那最好了。」孫大海嘆了口氣。

「不行、不行。」夜路連連搖頭。「太噁心了，誰要他的嘴巴。」

「我的嘴巴也不想接在你臉上……」盧奕翰翻了翻白眼。

「各位，這兩天雜貨店外的針陣已經完成，在古井魄質的加持下，幾乎成了一座銅牆鐵壁——」安娜像是聽膩了孫大海等人的閒聊，站起身按著桌子，環視眾人，說：「但是即使這座城建得再高再堅實，少了負責守備的戰士，也是徒勞無功，是吧。」

「什麼？」眾人聽安娜這麼說，都不明白她的意思。

「你是除魔師。」安娜指了指盧奕翰，跟著依序環視郭曉春、孫大海、青蘋、阿彌爺爺和夜路，依序點名說：「妳是傘師、你是種草人、妳是種草人的孫女、你是老迷糊。而你，夜路，你是三流作家。」

「等等！」夜路大聲抗議。「作家就作家，爲什麼偏偏要在作家前面加上『三流』兩個字？」

「安娜姊姊。」小八嘎嘎叫著：「還有我，我是八哥，英武是鸚鵡。」

安娜毫不理會夜路的抗議和小八的插嘴，繼續說：「但你們都不是『戰士』，這裡只有我跟穆婆婆算得上是『戰士』。」

「我不懂，妳的意思是……」盧奕翰啃下最後一顆果實，拍拍肚子，在肚子上畫了個印，讓阿弟沉沉入睡，否則他很快就會感到飢餓難耐，而必須永無止盡地吃下去。

「我們的對手，是窮凶極惡的黑摩組。」安娜這麼說：「對付妖魔，靠的不是操傘、種草和寫三流小說，而是靠作戰。」

「哇，妳……」夜路大聲嚷嚷，正要嚴正抗議，見安娜冷冷盯住他，又怯怯地說：「妳憑哪一點自稱是戰士，而將我們當成外行人？我接協會除魔案子，出生入死的冒險沒有千次，也有百次，我可是日落圈子裡的幹練老手。」

「出一張嘴容易，是不是戰士，動手試試就知道了。」安娜這麼說。

「是啊。」坐在角落藤椅上喝茶嗑瓜子的穆婆婆聽安娜這麼說，點了點頭，揚揚手。「一堆小王八蛋吃飽了動動吧，總比成天瘋言廢語來得好，你們吵得老太婆頭都疼了。」

只見隨著穆婆婆那一揚手，廚房一面牆唰地現出一道門，那道門緩緩敞開，外頭是個眾人沒見過的陌生庭院。

庭院寬闊，遠處圍著矮牆，牆內牆外長著些稀疏的樹，地上是乾土混雜著枯草碎石，在靠門的這頭牆下，則擺了些矮凳和藤椅。

大夥見穆婆婆拎著一袋瓜子和茶壺走入那庭院，也紛紛跟了出去。

「不瞞各位，我事前向穆婆婆報備過了，婆婆也贊成這提議——大家切磋、切磋，以求進步。」安娜跟在眾人身後，解釋：「我相信各位或多或少都對自己身懷的異能絕技有點自信吧，但這份自信到了黑摩組面前，還能維持下去嗎？」安娜說到這裡，盯住夜路，微微露出笑容，說：「就拿你這位四流作家來說好了，你對自己體內的犬魔和貓魔自信滿滿，對吧？」

「哇，怎麼變四流了，妳不要欺人太甚，安娜！」夜路瞪大眼睛，氣憤嚷嚷起來，但老貓有財立時從他胸口探出頭來，附和地說：「安娜姊，妳說得一點也沒錯，夜路這小子老是把我跟鬆獅魔的力量，當成他自己的力量，到處逞威風耍嘴皮子，還自作主張想修改我法術的名字，他取的名字沒一個能聽，何止四流，連五、六、七、八、九流都配不上，根本下流！」

「哇，你這吃裡扒外的傢伙——」夜路按著有財腦袋正要和他理論，卻被安娜伸手揪住領子，往庭院空曠處拉著走。

「別老是出一張嘴了，我們單挑。」安娜將夜路拉到庭院正中央。

「等等、等等……」夜路瞪大眼睛，連連嚷嚷起來：「不公平，這不公平！」

「哪裡不公平？」安娜問。

「我這兩隻貓狗崽子都已經叛變了！」夜路喚出鬆獅魔，提著鬆獅魔那大腦袋說：「他們被妳收買了，見了妳只會流口水，我怎麼跟妳打？」

「是嗎？」安娜哼哼一笑，望向青蘋，問：「他全身上下只有這貓跟狗嗎？他應該跟妳說過，他還有其他武功絕學吧。」

「呃，好像有……」青蘋從口袋裡掏出那筆記本，翻到「夜路」那一頁，看了看，說：「夜路說……他除了鬆獅魔跟有財之外，還有六種喚魔法術、七種風火水雷法術跟八種近身戰鬥法術。」

「也太誇張！」盧奕翰瞪大眼睛，笑著朝夜路踢去幾顆石頭，笑著罵：「媽的，你什麼時候偷練這麼多法術，怎麼沒跟我說！」

「每個人都有屬於自己的隱私，這種事我爲什麼要跟你說？」夜路無力地回嘴，跟著望向安娜，支支吾吾地說：「那些法術我還在研發中，暫時不能實戰，且威力太強，我怕……」

「這樣好了。」安娜拍了拍有財和鬆獅魔的腦袋，對他們說：「你們幫著夜路好好跟我打一場，不用顧慮我；頂多可愛的鬆獅魔要是啣住我脖子時，別眞咬斷就行了。」

安娜這麼說時，一個縱身躍了老遠，那及臀長髮飄揚漫長，還倏倏地在枯草地上重鞭好幾下。

「你們眞的會幫我吧……」夜路被這麼趕鴨子上架，心中自然有千百個不願意，但這場比試經過穆婆婆認可，且安娜一臉認眞，夜路知道安娜說什麼也不會讓他找藉口避戰。且他見青蘋等人全望著他，這面子終究可得撐住，只好低頭望著鬆獅魔和有財，低聲說：「你們大姊大安娜小姐開口要你們幫我喔。」

「唉！夜路，我眞不想看你窩囊成這樣……」有財嘆了口氣，探出雙爪摩挲幾下，對安娜大聲說：「安娜姊姊，儘管來吧，好好和我跟鬆獅魔打一場！指點我們不足之處吧！」

「吼——」鬆獅魔望望有財，又望望安娜，再望望夜路，終於咧開大口，發出雄渾吼聲。

鬆獅魔這一吼，讓本來被一堆廢話煩得幾乎要開口罵人的穆婆婆，也聚精會神地坐直了身子，微微點頭說：「這狗魔倒是眞材實料，比老太婆過去碰到過的大部分凶魔還來得凶……」

「沒辦法了。」夜路見有財神態認真、鬆獅魔氣勢驚人，知道他們全力相助，這才略微安心，擺出了個應戰架勢，冷笑著對安娜說：「我這人生平最大弱點，就是心軟；但妳苦苦相逼，我也只好拿出點眞本事了。妳說說，如果妳輸給我，妳是否應該……」

夜路還沒說完，安娜已像飛箭般直直竄來。

「哇！」夜路沒料到安娜說打就打，本能地雙手往前一抵，鬆獅魔嘴巴大張，吼出凶猛吼波，有財雙爪一甩，甩出四個光鬚圈圈。

安娜過去曾多次見識鬆獅魔的力量和有財諸多奇術，早已準備萬全，還沒等他們開口揮爪，長髮早已飛快變化，化爲兩柱細桿往前方草地一插，撐竿跳般飛彈起身，避開了吼波和光鬚，躍到夜路身後。

「喝！」夜路急忙轉身，卻沒見到安娜，只見到一個以長髮編成的黑黝黝大髮人，掄著拳頭往他臉上打來。

鬆獅魔一口咬住那大髮人的拳頭。

「夜路，左邊！」有財大叫。夜路撇頭只見左邊也竄來一個大髮人，連忙嚷嚷：

「鬆獅魔呀——」

髮人。

「吼！」鬆獅魔咬著第一個髮人拳頭，猛地扭頭，將口中的髮人甩去撞倒第二個大

「唔哇！」夜路哀號一聲，鬆獅魔這記猛烈扭身雖擋下髮人攻勢，但突如其來的扭力，讓夜路那甚少鍛鍊的胳臂難以招架。

「右邊！」有財大叫，伸長了腦袋和爪子，朝著夜路右方那閃過的身影擊出一掌，打出一股混雜著無數貓毛的異煙。

「等等、等等！」夜路左手被有財拖向右側、右手被鬆獅魔扭到左側，感到姿勢彆扭難受，正想轉身挪位，突然驚覺雙腳被牢牢固定住，低頭一看，他的雙腳上不知何時被纏上圈圈髮絲。

「鬆獅魔的力量強大無比、有財的奇術千變萬化，這一貓一狗默契越來越好，只可惜……」安娜的身形快絕，在夜路身邊飛繞奔走，不時扔個大髮人給鬆獅魔咬。「他們受困在一個下流作家的身體裡，這個下流作家的動態視力和運動反應跟不上有財的靈巧，而身體素質也承受不了鬆獅魔的巨大力量。」

「可惜呀可惜，兩朵鮮花插在一坨牛糞上。」安娜一說完，陡然飛退老遠，猛一扭

頭，遠處的夜路像是被釣竿吊起的大魚般騰上了空，雙手雙腳給黑髮纏捆了古怪姿勢，且身子迅速竄向離眾人最近的一棵樹上——原來安娜在施放髮人的同時，也同時操縱著長髮，延伸自夜路腳下及樹梢，待準備萬全，長髮一拉，便將夜路頭下腳上地拖上樹。

「單比魄質力量，十個我加起來也比不上一個鬆獅魔。」安娜環視眾人。「但以自己的優勢打對方的劣勢，就能夠贏。」她說到這裡，望著盧奕翰說：「你對自己的格鬥技相當有信心，你覺得你能贏我嗎？」

「喂！安娜，請先放我下來再解說好嗎？」夜路怪叫怪嚷，他的身體被長髮捆成了奇異姿態，頭下腳上地吊在樹下。鬆獅魔猶自咬著一個大髮人扭扯不休；有財則被不知何時塞在臉上的木天蓼香包迷了個神魂顛倒，喵嗚喵嗚地抱著那香包摩挲著臉。

「我……」盧奕翰見安娜將矛頭對準他，吸了口氣說：「如果在擂台上，我不會輸給妳……」

「這個擂台有沒有規矩？」安娜哼哼一笑，揚起手朝他比了個「過來」的手勢。

「還是只有空間大小限制？」

「……」盧奕翰見安娜長髮飛揚，歪歪斜斜地在兩人四周鞭下四鞭，隱約打出一個方形範圍，便吸了口氣說：「黑摩組可不會跟我們講規則。」他這麼說的同時，也擺出了格鬥架勢。

「沒錯。」安娜笑著點點頭，也擺出接戰姿勢，一步一步往盧奕翰移動。

「妳眞要跟我比格鬥？」盧奕翰見安娜沒使長髮，反而像是想和他較量拳腳，一時有些遲疑，只見安娜倏地探手抓他胸口，猛然一驚，往後一退，他後腳踏地的同時，又突然想到自己已接近安娜長髮鞭出的擂台範圍，這麼一遲疑，衣領已讓安娜揪個正著。

盧奕翰感到安娜飛快扯領扭身，連忙沉身同時抓向安娜腰際，卻沒料到安娜並不是要摔他，而是在他衣領沾上幾絲黑髮，那黑髮倏地擴長竄繞，捲上盧奕翰頸子，安娜則扣住盧奕翰按來的手腕繞到他右側，一腳踩在他的腿彎上，將他踩得單膝跪下。

「哼！」盧奕翰同時在腿上、頸子和手上施展鐵身，猛地站起，同時一把扯開纏上頸子的長髮，伸手去接安娜往他臉上打來的拳頭。

但安娜再度變招，又扣住盧奕翰手腕，一拖一帶，再一腳絆在盧奕翰另一隻沒施鐵身的腿上，將他摔在地上。

「你眞的以爲自己靠拳腳就能贏我？」安娜哼哼地說：「我出道替協會接案子時，

你還不知道在哪玩沙呢。對了，我是柔道黑帶喔。」

安娜比盧奕翰和夜路大上幾歲，且自幼便踏入日落圈子，千奇百怪的作戰經驗遠超出盧奕翰太多。

「哼！」盧奕翰蹦起身來，不服氣地說：「我最大的能耐是打不死，打持久戰，我是不會輸的！」

「這點我承認。」安娜呵呵一笑，又往盧奕翰身後繞去。

盧奕翰連忙轉身，卻感到雙腳一緊，原來已被安娜不知何時放出的長髮纏著雙腳；他這麼一頓，速度跟不上，被安娜繞到正後方，攔腰抱住猛地往上抬。

這是摔角技裡的背橋摔，本來以盧奕翰身手，未必會讓安娜輕鬆得逞，但他才剛要出力抵抗，腳下卻陡然竄起一隻由濃密黑髮結成的大掌，將他雙足往上一托——

轟隆一聲，猶如電視裡的摔角頻道般，盧奕翰被安娜結結實實一記背橋摔，摔得人仰馬翻。

盧奕翰在身子被掀起的同時，已讓肩頸腦袋化出鐵身，做好了撞地準備，但腦袋砸地瞬間，只感到撞上個軟綿綿的東西，那是安娜化出的長髮軟墊。

安娜一摔得逞，翻身站直，吁了口氣，撥撥頭髮，走到眾人面前，說：「盧奕翰身手不錯，缺點是只懂拳腳功夫，在面對變化多端的法術時，就吃了大虧；再來，盧奕翰缺少致命武器，他再怎麼不懂得憐香惜玉，頂多打歪我的鼻子、打斷我的骨頭和牙齒、打得我腦震盪，但是要取我性命可沒那麼容易，這也是我敢貼身跟他硬碰硬的緣故。協會台北分部四大主管之一的賀大雷，也只懂得打架，但是他拳腳能生出大刀、大斧，倘若對手是他，我可不敢和他拚打架了。」

「嘖……」盧奕翰站起身來，本來他在做足了準備的情況下，即使吃了這記背橋摔，也不至於受重傷，但安娜先在他後腦下塞了個軟墊，他也不好窮追猛打，只能拍著身上砂土，臭臉走回本來駐足觀戰的位置。

「喂！」夜路頭下腳上地大喊：「你們聊夠沒有，放我下來啦——」

儘管鬆獅魔已經咬爛了髮人，但他那張凶猛大嘴巴，可無法細緻地替夜路咬斷全身上下那密密麻麻、緊緊纏陷著全身的細髮；有財則還陶醉在木天蓼的醉人情緒裡，舔著爪子流口水，一點也不理會夜路的求助。

「曉春。」安娜望向郭曉春。「拿妳的傘來。」

「呃……好。」郭曉春本來稍稍遲疑，但還是點點頭，朝著門內吹了聲口哨。白狗阿毛淌著舌頭奔來，邊奔邊變化成人形，一手還提著郭曉春那傘箱。

「郭阿滿的家傳十二傘……」穆婆婆喝了口茶，眼睛亮了亮。「之前看過一次，多看一次也好……」

「這次我先說——」安娜吁了口氣，伸伸懶腰，一連退開十幾步。

遠處夜路哀號一聲，摔在地上，捆著他的那些頭髮一下子消失無蹤。

「拿著十二手傘的曉春，整體戰力是我們所有人之中最高的一個。」安娜微微笑著對郭曉春說：「曉春，記得手下留情喲，在『擂台』上，我確實打不過妳。」

「安娜姊，我明白妳的意思。」郭曉春點點頭，從阿毛揭開的傘箱裡，取出長柄和十二手傘，嵌裝成長柄傘，跟著將傘箱裡剩餘的十一把傘，和隨身攜帶的鶴傘，全拋給那盤坐在長柄傘面上的十二手鬼。她一面組裝長傘，一面說：「要是範圍擴大到了一座山、一座城鎮，進行長期游擊戰時，安娜姊妳一定能勝我。」

「對，但妳還有另一個弱點——」安娜微微笑著，長髮飄揚，在她身後結出一個又一個巨大髮人。

郭曉春也不反駁，舉起那長柄傘，吸了口氣，握著傘柄的雙手微微盈亮發光。

十二手鬼手上的十二把傘紛紛揭開，頓時彩光四溢。

06破繭

「咦，你也有吃飽的一天？」夜路枕著頭、蹺著腿窩在一張躺椅上，有財和鬆獅魔兩顆腦袋自他的胸口探出，仰頭望著清澈夜空上那輪滿月。

這兒是穆婆婆雜貨店兩街外一處四層樓高的公寓頂樓，這棟公寓是阿彌爺爺針陣中的重要位置，頂樓四角、每層樓梯轉折處都擺著插了「針」的空瓶空罐。

盧奕翰盤腿坐在一旁，盯著手上那半顆飯糰微微發愣，腳邊還擺著三粒飯糰。「我在想……還是叫青蘋別替我準備飯糰了，孫大海的果實應該也有差不多的效果……」

「什麼？」夜路大聲說：「青蘋特地替你做飯糰，你膽敢拒絕她的好意？」

「我的意思是……」盧奕翰打了個咯。「我身體裡的阿弟，需要的只是熱量，飯糰還要浪費米，孫大海的果子一樣有效。」

「可是你早上不是這麼說的。」夜路坐起身，幸災樂禍地說：「你說你最愛米飯了，你說米飯的價值是糖跟水果無法填補的。」

「是啊……」盧奕翰哼哼地說：「可是沒有配菜，只吃調味過的米飯……嗯，實在太甜了……我的胃還很空，但舌頭開始發麻了……」

「哦？」夜路張著雙臂，大聲說：「你的意思是，青蘋親手捏的飯糰，不合你的胃口？」

「我本來以爲她想做日式烤飯糰。」盧奕翰吁了口氣。「什麼都不包，塗點醬油烤一下，最多包片海苔，就很好吃了……」

「啊呀——」夜路瞪大眼睛。「什麼話，日式烤飯糰哪比得上青蘋的特製飯糰！她知道你身體裡的阿弟能夠將食物熱量轉化成魄質，可是煞費一番心思，貼心地在整鍋飯裡加了一點糖。」

「不只一點。」盧奕翰盯著手上半粒飯糰。

「對，我記得她好像加了半包。」夜路點點頭，說：「而且她怕你只吃白飯太乾，貼心地在飯裡加了幾匙沙拉油。」

「不只幾匙……」盧奕翰捏了捏飯糰的小塑膠袋角，讓袋身微微傾斜，瞧著聚至袋角的那堆油，又看看腳邊擺著的三顆飯糰，油都從袋裡流到地上。

「是啊！」夜路說：「我們這幾天花費那麼多時間，搜刮那麼多的糖米鹽油跟高熱量食物，爲了誰？不全都是爲了你嗎！」他比手畫腳地說到這裡，又躺下，望著星空，呵呵笑著說：「可惜我身體裡沒有阿弟，不然我也能嚐嚐青蘋的愛心飯糰，可惜呀可惜，無福消受，嗚呼哀哉——」

「你想吃不早說，我分你啊。」盧奕翰撿起一粒飯糰，往夜路拋去。

「哇，好油……」夜路接著那袋飯糰，滿臉嫌惡地拋還給盧奕翰。「我身體裡又沒阿弟，攝取額外的熱量只會形成脂肪，拖慢我出拳速度。」

「哼，你連心上人親手做的食物都嚥不下……」盧奕翰哼哼地說，大口將手上半粒飯糰吃下，又將從夜路手上接回的飯糰咬下大半。「還好……意思跟我……搶……」

「你嚥得下就快嚥啊，小心別噎死。」夜路用手指敲敲腦袋，說：「愛情這種東西，憑的不是胃口，是這裡——是才華；你以爲多吃幾口飯就能騙到女孩，人家又不是養豬戶。」

「呿！你當我喜歡這樣吃東西？我大吃大喝可不是爲了自己！」盧奕翰勉強又將手上的飯糰吃盡，痛苦大嚼半晌才吞下肚。

「你喜歡她哪一點？」盧奕翰長長吁了口氣，站起身走到牆沿，從這兒往穆婆婆雜貨店的方向望去，僅能隱約見到穆婆婆那矮舊雜貨店樓房的屋頂一角。

「都喜歡。」夜路望著星空。「她的熱心毅力、眞誠善良、粗枝大葉，我通通喜歡，就連她的廚藝，也粗獷得十分可愛，像是潛藏在世俗都市裡的璞玉，散發著天然的純樸美感。」

「不愧是大作家，這也能講得文謅謅。」盧奕翰哈哈一笑。

「那你呢？打架王。」夜路問。「說說看，青蘋哪一點勾去了你的心？」

「嗯……」盧奕翰想了想，說：「就你說的……熱心、善良吧，她留下來幫穆婆婆，不是為了自己，而是路見不平拔刀相助；她找孫大海、替父母報仇、幫助妖車……都不是為了自己，而是孝順和正義，外加一副好心腸，這樣的女孩很棒不是嗎？」

「是很棒啊。」夜路說：「不過我看曉春也不錯，似乎也具備你說的一切優點，而且長得不比青蘋差，不如這樣好了，你追曉春，青蘋我照顧，這樣皆大歡喜，你意下如何？」

「你當切西瓜呀，這樣讓你分得剛剛好？」盧奕翰哼哼地說：「你當你想人家就一定要？」

「說到頭來，曉春的爺爺阿滿師難搞許多，還是青蘋的外公大海爺平易近人。」夜路這麼說。「大海爺見多識廣、我才高八斗，我們一見如故，簡直就像武俠小說裡的有為青年撞上隱世高人，英雄惜英雄，成為忘年之交。我想大海爺爺是非常願意將青蘋許配給我的。」

「許你個大頭！」盧奕翰說：「你最近不是在籌備新故事？如果把你平常這些廢話通通寫進書裡，兩個禮拜就能出一本啦！」

「別老叫我把日常生活裡雞毛蒜皮的屁事寫進書裡，也要看適不適合故事主旨啊！」夜路不悅地說：「要是什麼都扔進去，我的書豈不變成什錦鍋啦……哎呀，不要講這件事了，我不想聽！」

夜路說到這裡，坐直了身子，將鬆獅魔和有財塞回胸中，焦躁地抓著頭說：「聽好，擁有一位作家朋友是你前世修來的福氣，你得學會尊重作家朋友的習慣——『交稿』這兩個字，或是任何會令人聯想到這兩個字的話題，只能夠在他交稿兩週內提起，要是在一個作家寫不出來的時候跟他提交稿、寫作速度，或是『你寫得順不順呀』之類的屁話，都會直接侵犯到他心中那塊敏感地帶，懂嗎？打架王！」

「你的心裡也有敏感地帶啊？」盧奕翰哈哈大笑。「我以為你的心跟你的臉皮一樣百毒不侵了！」

亮。

「放屁，我很纖細的！」夜路站起身，鬆獅魔和有財又自他背後鑽出，仰頭望著月亮。

「喂，你們這一貓一狗什麼時候懂得賞月啦？是因爲跟在我身邊太久，從我身上偷走了些許風雅氣息？」夜路想將他們按回身裡，卻被鬆獅魔咬了一口。

「好久沒看見滿月了。」有財不像往常和夜路爭辯鬥嘴，反倒有些惆悵地說：「下一次能不能再見到月亮都不知道……」

「……」夜路聽有財那麼說，便也不再趕他們回身體，而是扠著手亂晃，說：「說到這裡我也不禁感嘆，在這明月美景的夜，爲何我不是陪佳人談心，而是陪個大胃王吃油飯呢？」

「因爲我們要站崗守夜。」盧奕翰翻了翻白眼。「黑夢打下晝之光的三重結界之後，整個北部最醒目的目標就剩下我們了，距離那些王家傘師招供的開戰時間，也差不多到了……」

「也不知道守不守得住……」夜路搖頭晃腦走到盧奕翰身邊，說：「我們原本的計畫怎麼辦？」

「你說呢？」盧奕翰嘆了口氣，他們原本計畫找一天晚餐，將安眠藥摻入菜裡，迷昏穆婆婆和青蘋，將她們帶至協會中部封鎖線據點安頓，但安娜把曉春、發瘋的硯希、夏又離和孫大海全帶來了，還將穆婆婆那些老鬼小鬼朋友組織成了一支小部隊，將雜貨店圍成銅牆鐵壁。這些天來，盧奕翰和夜路平時絕口不提這計畫，就怕走漏風聲傳進穆婆婆耳裡。「還是跟郭曉春商量一下？她本來就是來勸穆婆婆走的……應該不會反對我們的計畫才對……」

「想過，但怕她口風不緊，她一定會告訴安娜。」夜路攤攤手說：「安娜那個勢利鬼是來賺協會賞金的，協會要她來拖延黑摩組南下的時間，好讓協會強化封鎖線，穆婆婆這雜貨店剛好成了她賺錢的工具。要是穆婆婆撤走，也沒有阿彌爺爺的針陣當牆，黑夢一壓境，她光靠那些玩具娃娃和一頭長髮，根本連三分鐘都擋不住，她只是在利用穆婆婆而已。」

「你別因爲跟她有仇，就這樣說人家……」盧奕翰這麼說：「是你先得罪她，把人家寫成那樣，又在青蘋面前吹牛，被揭穿就惱羞成怒，也不敢當面理論……你這傢伙是不是男人啊。」

「誰說我寫她啊！小說純屬虛構，是那些女人自己對號入座，她們無所不用其極地干涉我的創作自由，你懂嗎？」夜路張手搖頭。「不論我走到哪，那些女人都會突然冒出來，說自己像我某篇故事裡的某個角色，要我負責，我何其無辜呀！這次無端冒出個安娜，逮到機會就找我麻煩，還在大家面前用她的頭髮捆綁我、虐待我、凌辱我，簡直是公然性騷擾嘛！我沒告她就算不錯了……唉，或許這就是擁有特殊魅力的男人的天命。」

「是嗎？那我該謝謝你沒告我囉。」安娜的聲音自兩人身後傳來，夜路嚇得猶如電擊般，身子猛然一震，但仍強作鎮定，緩緩轉過身來，對盧奕翰說：「你看，我說得沒錯吧，走到哪都不得清閒……」

「怎麼了？」盧奕翰望著安娜，問：「今晚輪到我們守這裡，妳應該——」他說到這裡，從口袋掏出一張筆記本頁面，上頭畫著穆婆婆雜貨店四周的簡易地圖，鄰近數條街和幾棟公寓，都有穆婆婆老友駐守，大夥輪班監視著周遭一切動靜。

「我在測試地下通道。」安娜說：「有穆婆婆那古井魄質支援，蓋結界快得很，現在你那張地圖上幾處據點都可以從結界內部互相連通，還可以直接通到穆婆婆店裡。」

她說到這裡，拿出手機，讓盧奕翰和夜路看看螢幕上的照片，是這公寓一樓樓梯大門後方地板，地上有一處瑩亮符圈。

安娜向兩人交代進出這地下結界通道的暗號咒術，跟著拋給盧奕翰一只大寶特瓶。「青蘋怕你只吃飯糰會口乾，又替你調了一瓶飲料，讓你配著吃。」

「喔！」盧奕翰聽安娜說是青蘋特地為他做的飲料，本來有些心動，但接過那兩公升大寶特瓶，只見瓶中液體濃濁，還有許多細細碎碎的塊狀物，不禁微微露出懼意。

「哇——」夜路湊近瞧了瞧那寶特瓶，幸災樂禍地說：「看起來好營養啊，你肚子裡的阿弟有口福了，他可以認青蘋當乾姊姊。」

「是啊，要是他將來三餐都能吃到青蘋的親手料理，那是真有口福，是該感謝我這乾姊夫。」盧奕翰白了夜路一眼，隨手扭開這寶特瓶，吸了口氣，灌下一大口，只覺得飲料濃濁得猶如米漿，像是以市售飲料作為基底，摻入切碎的百寶樹果實碎塊和大量砂糖。

「唔……」盧奕翰嚼起果肉，身子微微發顫，不時用手掩起嘴巴，像是隨時都會反胃嘔出一般。「哦！原來……啊、嗯……果肉不只一種……」

「嗯？」夜路本來想多調侃幾句，但見盧奕翰反應比他想像中還誇張幾分，猛然想到孫大海那百寶樹長出的食物果實種類頗多，便問：「青蘋該不會放了肉果子吧？」

「不只肉果子，還有魚肉口味的果子……」盧奕翰一下子點頭、一下子搖頭，好半晌才將那口摻著豐富果肉的濃濁飲料嚼畢嚥下，長長吁了口氣，說：「除了生魚跟生肉果子之外，有些果子很苦、有些很辣……」

「這也沒辦法。」安娜淡淡笑著說：「青蘋向孫大海討的都是『最營養』的果子，不是『最好吃』的果子，良藥苦口嘛——你們也別想太多，青蘋沒有惡意，她的想法單純，有些果子生肉聞著有點腥，就加點糖蓋過；有些果子滋味有點苦，也加點糖蓋過；有些果子鹹的，也加點糖蓋過……總之這些飲料和飯糰，不是做來討你歡心的食物，是保你性命的大力丸，你想吃就吃，不想吃扔了也無所謂。」

「安娜姊這番話說得確實有道理。」夜路連連點頭，扠著手對盧奕翰說：「青蘋是爲了全部人的安危，才特地花時間替你準備營養補給品，你可千萬別會錯意，以爲青蘋在向你示愛；要是你吃了覺得有效，就叫我聲乾哥，以後我讓我的愛妻偶爾包個便當給你。」

「去你的！」盧奕翰又接連灌了幾大口飲料，慶幸果肉切得碎，他索性不嚼，直接囫圇吞下肚，倒也比吃那油膩飯糰舒服點。

他倆本來不會隨意在別人面前表示對青蘋的好感，但此時鬥嘴鬥到興頭上，都將自己說成青蘋的準丈夫，誰也不讓誰。

「至於你嘛。」安娜望著夜路，又從口袋裡掏出兩小包東西。

「哇，安娜姊姊——」「汪！」本來安靜掛在夜路肩上的有財和鬆獅魔，一見到安娜拿出的那兩包東西，汪嗷、喵嗚地叫了起來。

那兩包東西，分別是有財和鬆獅魔最愛的上等木天蓼和燻肉乾。

夜路平時也會偶爾替有財和鬆獅魔買點零食，但他一來財力有限，二來對養貓育狗一竅不通，頂多就是去寵物店胡亂選幾樣東西敷衍了事；偏偏安娜每次現身，都能奉上令有財魂縈夢牽的特級木天蓼，將有財馴服得服服貼貼。

「嗯？」夜路見安娜左手端著一撮木天蓼、右手端著一些燻肉乾，一左一右餵著他雙肩上的有財和鬆獅魔。

安娜面容姣好、身材婀娜，此時離夜路極近，舉著雙手這麼餵他身上那貓狗，遠遠看去像是情侶調情；但夜路過去吃過安娜無數次虧，此時見她嫵媚笑容裡帶著幾分狡獪，心中害怕，同時他感到肩上的有財和鬆獅魔嚐著那燻肉和木天蓼，不時發出一陣陣呼嚕聲，像是喝醉一般，便急急地提醒：「喂喂喂，有財！節制點喔，我尊重你有自由交友的權力，但無功不受祿這個道理，你總知道吧？」

「我知道啊。」有財抬起頭，口鼻上都沾著木天蓼碎屑，嘟嘟囔囔地說：「我可不會平白拿安娜姊姊好處，她要我幹啥我就幹啥，赴湯蹈火、兩肋插刀！」

「什麼！」夜路瞪大眼睛，連忙後退一步，讓有財和鬆獅魔遠離安娜雙手。「你這傢伙越來越不像話了，這非親非故的女人餵你哈幾口毒，你就被迷得暈頭轉向啦！」

「什麼非親非故！我將安娜姊姊當成我的親姊姊一樣吶！」有財攤開貓爪，大力扒了夜路腦袋一掌；鬆獅魔舔了舔肉乾餘味，然後張開大口啣住夜路腦袋，逼他往前走回安娜身前。

安娜盯著驚怒交加的夜路，淡淡笑著說：「你幹嘛這副表情，我知道這兩個小傢伙一個機伶、一個武勇，要是和那殺人不眨眼的黑摩組打起來，說不定我還需要他們保護，事先送點禮物、打好關係，我可沒有和你搶寵物的意思。」

「哇！安娜姊姊，妳誤會可大了。」有財聽安娜這麼說，連忙嚷嚷起來：「我不是寵物，更不是這小王八蛋的寵物！我是被黑摩組和駱家叛徒駱大元，硬埋進這小子身體裡的受害者！倘若眞要當寵物，我也要當安娜姊姊妳的寵物呀，喵嗚——」

「我不需要寵物。」安娜這麼說：「現在人手不足，我需要傭兵，我相信你們的本事，但不清楚你們的意願。」她說到這裡，微微側身，拍了拍隨身腰包，揭開拉鍊，裡頭是滿滿的木天蓼和各種肉乾。「當然，酬勞絕對豐富。」

「喵——」有財連忙點頭。「我跟駱大元和黑摩組有不共戴天之仇，我早發過誓，就算殺不了他們，能抓他們幾爪都好；安娜姊姊吩咐一聲，我駱有財拚了這條命，也要替妳抓花安迪的臉！」

「哇！」夜路急得哇哇大叫：「妳到底哪買的這些木天蓼，爲什麼比我在寵物店買的厲害很多？」

「我當然有特殊管道囉，我認識不少馴獸師，這批木天蓼，可是人家用來馴獅伏虎的寶貝吶。」安娜笑著摸摸有財和鬆獅魔的腦袋，說：「有財的鬍鬚法術我一向欣賞，現在能讓我見識、見識嗎？」

「當然能呀！」有財張開爪子，抹了抹口鼻，摸下兩條光鬚，拉在手上抖了抖，甩成一圈鬍鬚光圈。

「先拿這個擁有特殊魅力的男人示範好了。」安娜用手指敲了敲夜路額心，對有財說：「你能捆著他的手腳，像是操偶般讓他走動嗎？」

「操偶我不懂呀……」有財唰地將鬍鬚甩上夜路四肢，也不理他掙扎抗議，胡亂拉動半晌，沮喪地對安娜說：「我只能捆著他，不能控制他走路。」

「沒關係，姊姊教你。」安娜搔了搔有財下巴，隨手取出一只小娃娃，捏了條烏黑髮絲，一甩化為數條，分別纏上小娃娃四肢，柔聲說：「操偶有訣竅的，要配合特殊法術，我現在教你，不知道你學不學得會。」

「喂，有沒有搞錯，當我死人啊！」夜路手腳讓有財綁著，雙腳也讓安娜的長髮纏著，無法逃脫，轉頭對著盧奕翰哇哇大叫：「奕翰、奕翰……你看我被人這樣欺負，吭也不吭一聲，你算不算兄弟？」

「安娜正在教有財法術，你乖乖配合好不好？」盧奕翰臭著臉，一口甜膩飯糰、一口果肉飲料，說：「現在大家是戰友，一齊為了對抗黑摩組努力，你顧全大局好嗎！」

「什麼，你——」夜路怪叫一聲，突然覺得手腳晃了晃，原來有財本便擅長光鬚把戲，經安娜指點幾句，立時便抓到了訣竅，扯著夜路手腳晃動起來。

「對，就是這樣。」安娜拍拍有財的腦袋，說：「只要配合咒語拉動鬍鬚，你想要他往東他就往東、要他往西就往西，就像開車騎馬一樣。從今以後，你不再是一隻受困在人類身體裡的貓，而是擁有專屬座騎的貓，懂了吧？把他想成機器人就好了。」

「對啊！安娜姊姊說話眞有道理。」有財眞被安娜這番話打動，拉著夜路雙手雙腳胡拉亂扯起來。「我本來就和夜路平起平坐，但老是被他當成寵物，一點地位也沒有。」

「你們夠了。」夜路哇哇大叫。「我要翻臉啦——」

「你現在是交通工具，喇叭要按才能出聲，不能隨意吵人。」安娜在夜路嘴裡塞了一團頭髮，令他無法吵鬧，跟著對有財說：「慢慢練習精細操縱，才能讓他走路，嗯，先試著把他的腳抬到頭頂好了——」

「哇，啊……」夜路瞪大雙眼，他單腳踩著地、左右亂蹦，另一腳被有財用鬍鬚拉著，一吋一吋往腦袋方向拉，姿態像是雜技團。

安娜正想指示有財做出下一個動作，突然咦了一聲，抬手看起錶——她腕上那只名貴登山錶面閃爍著青亮光芒，好幾處大小指針嗡嗡亂轉起來。

「地下，穆婆婆店裡……」安娜盯著錶面，說：「是夏又離的房間，那小狐魔又搗蛋了？」

安娜在穆婆婆雜貨店周遭街道布下了天羅地網，且靠著古井魄質建出以雜貨店結界為中心的地下結界通道，通道中也有許多娃娃眼線，任何地方一有風吹草動，娃娃眼線們就會以法術符令通報安娜，安娜立時就能夠從手錶上的多枚指針方位組合，判斷出動靜區域，甚至是事件類型。

「什麼？」盧奕翰見安娜轉身就走，立時追了上去。

「有財，別鬧了，讓我自己走！」夜路被有財拉著單足，著急地單腳蹦跳跟在後頭。有財像是不願放下新到手的玩具般，揪著鬍鬚操縱夜路身子，說：「我們在一起這麼久，都是你帶著我亂跑，偶爾讓我帶路會怎樣？」

「你帶路歸帶路，捆著我身體根本沒辦法好好走呀……哎呀！」夜路嚷嚷地說，讓門欄絆了一跤，肩頭重重撞上門框。

他們從樓頂奔至一樓，從樓梯後方那結界暗門進入安娜建出的結界快速通道，回到穆婆婆雜貨店結界裡。

僅數分鐘，他們便抵達穆婆婆雜貨店裡那囚著夏又離的地下牢房。

他們遠遠地就聽見硯天希的叫罵聲，來到牢房外，只見夏又離側躺在木床上，滿臉大汗，臉色成了醬棗色。

「你們終於來啦，動作這麼慢，這小子快要死啦！」硯天希的聲音自夏又離背後發出。

「什麼！」盧奕翰大驚失色，立時從口袋取出牢房鑰匙，想要開門，卻被安娜伸手按住。

安娜瞥了坐在木床上方壁面那小通風口的長髮娃娃，又望了望掛在牢門鐵欄上的兩隻娃娃，這些娃娃日夜監視著夏又離。

安娜嘴角喃喃動著，像是在和這些娃娃溝通，跟著揚了揚眉，背後長髮飄動伸長，穿過鐵欄，伸入牢籠，捲住了夏又離四肢，大力晃了晃他身子。

「哎喲，臭小子，要死啦！怎麼回事？」硯天希的聲音聽來氣急敗壞。「不要亂動，壓到我了！我說壓到我了你聽不懂嗎？」

「又離，你怎麼回事？」「天希，又離怎麼了？」盧奕翰和夜路在鐵欄外急急地問。

「你們兩個混蛋來啦，這臭小子病了，好像病得很重！」硯天希的聲音依舊從夏又離背後發出。「你們讓他穿這身怪衣服，又不讓他洗澡，他臭得要死，生病啦！」

夏又離穿著連身雨衣、戴著一雙古怪的厚手套，腳上還鎖著厚重的腳鐐，手套和雨衣使他無法以指沾墨，以防硯天希再次奪去他的身體，使出墨繪術作亂。

「不會吧，今天早上不是還好好的……」夜路不解地說：「又離，你說話呀，你真的不舒服？還是天希要你這麼說的？」

「是哪個王八蛋說這話？」硯天希的聲音聽來惱火。「是不是那個下流作家？最喜歡把女人寫進故事裡羞辱的賤胚？你什麼意思？你說我跟這小子串通想騙你們開門嗎？老娘真要破門你們攔得住嗎？還需要搞這把戲？」

「哇！」夜路瞪大眼睛，氣急敗壞地說：「又離你竟然這麼對天希說我？我對你太失望了……喂，你回答啊，給我說清楚。」

「閉嘴……」安娜皺了皺眉，長髮一抖，伸過鐵欄，將夏又離整個人自床上拉起，往鐵欄處拉得近些，想看看他究竟發生了什麼事。

「哇？」硯天希的聲音繼續自夏又離背後傳出。「小子，你身子在動？你起來啦？你說話呀！」

「嗯？」安娜聽硯天希說話古怪，又聽她聲音並非往常般從夏又離喉間發出，而是從背後發出，心中大惑，搖動長髮將夏又離轉了個圈，背對眾人，只見夏又離背後雨衣高高隆起一塊。

只見那雨衣隆起處左右搖動，還不停叫嚷：「臭小子，你在走路嗎？爲什麼不說話？」

「呃！」盧奕翰和夜路、安娜三人聽說話聲從那隆起處發出，可都大驚失色，一時不知該如何是好。

安娜咬了咬唇，分出兩豎長髮，一左一右扯著那雨衣隆起處，啪啦將雨衣扯裂一條大縫，只見夏又離背後，竟長出顆狐狸腦袋。

那狐狸張大了嘴巴，與鐵欄外的安娜等人大眼瞪小眼，幾秒後才尖叫一聲。「是妳呀，臭婊子！還有肌肉人跟下流作家都在啊，剛剛說話的就是你吧，下流作家！」

「妳——妳是天希？」「妳眞是隻狐狸！」盧奕翰和夜路聽那狐狸開口說話，正是硯天希的聲音，不禁驚叫失聲。他們從未見過硯天希的眞正模樣，僅能從夏又離的敘述中大略猜測硯天希的長相，據說是個美貌少女。此時見了顆活生生的狐狸頭，都嚇得不知如何反應。

「老娘是百年狐魔，不是眞狐狸，難道是假狐狸！」硯天希不悅罵著：「臭婊子，妳舉著這臭小子幹啥？他怎麼啦？難道死了……不對，他還有心跳，他到底怎麼啦？」

「這……」安娜一下子也不知該如何回答硯天希的問題，只好再將夏又離轉正，伸手進鐵欄裡，摸摸他的額頭，只覺得滾滾發燙。「他燒得好厲害！」

「感冒了嗎？」夜路問。

「該不會……」盧奕翰呆了呆，嚷嚷地說：「天希的魔體煉成了？」

許多年前的那個夜晚，夏又離的叔叔將負傷小狐魔硯天希的靈體，封入了年幼的夏又離身體裡，希望藉著他的肉身，來逐漸修復硯天希受損的魔體。一年一年下來，隨著硯天希魔體逐漸成長，夏又離也間接獲得硯天希的力量，踏入日落世界的異能者圈子。

他陰錯陽差地加入黑摩組，又脫離了黑摩組，成爲靈能者協會的外包接案人員，與協會除魔師盧奕翰、案件中間人夜路，共同完成多次除魔案件。

按照時間推算，硯天希的魔體已經接近煉成，但他們受困黑摩組時期，身體被施下毒咒、身子被釘入釘魂針。那些毒咒和釘魂針，使夏又離和硯天希的人身與魔體混淆錯亂，必須長期接受協會治療。

他倆的主治醫生，是協會新加坡東亞總部的魏云醫生，魏云擁有一手精湛的針灸奇術，是亞洲多個協會分部的首席醫療顧問。

夏又離在魏云每月一次訪台順道治療下，身體狀況逐漸恢復——然後，黑摩組攻入協會台北分部大樓，黑夢吞噬了整個台北，夏又離的治療也被迫中斷，在黑夢影響下，渾渾噩噩地失神遊盪，被瘋癲的硯天希奪去了身體，在黑夢中大鬧了一場，直到碰上孫大海等人。

「不會吧，天希要出來了？」夜路聽盧奕翰這麼說，不敢置信地問：「她可以離開又離的身體獨自行動了？」

「我不知道……」盧奕翰連連搖頭，說：「我……我得通報協會……照理說不行的！魏云醫生的療程並沒有完成，又離身上還有兩處釘魂針的死結沒有解開，天希要是硬來，又離的身體會被活生生撕裂的——」

「我聽不懂你們說什麼呢！」硯天希那顆狐狸腦袋咧開大嘴、不停掙動，突然頓了一頓，問：「等等，你們剛剛說我可以離開這臭小子的身體了？」她想到了這一點，一顆狐狸腦袋掙扎得更劇烈了，像是亟欲從夏又離的身體鑽出。

夏又離身子劇烈顫抖起來，臉額上的汗水滾滾落下，此時他的雙眼呆滯混濁，彷如陷入痛苦夢境，對外界一切刺激毫無知覺。

安娜兩豎黑髮左右繞來，緊緊纏住硯天希的狐狸長嘴，一圈一圈裹上她整個腦袋、矇上她的眼睛，只留下一處狐狸鼻子讓她呼吸。「快通知婆婆！」

「哇，臭婊子妳做什麼，幹嘛用妳的臭頭髮綁我？」硯天希氣憤叫罵起來，一顆腦袋倏地縮了回去。

夏又離身子猛一顫抖，領口雨衣爆裂，一顆狐狸腦袋自他頸際探出，與眾人大眼瞪小眼。

「你們這些混蛋，整我整夠了吧！」硯天希一雙狐狸眼睛豎成了筆直一條紅痕，嘴巴咧開是兩排白森森的利齒，漫出凶烈駭人的殺氣。

「天希，妳冷靜點！」盧奕翰和夜路都伸出手，各自抓住夏又離左右胳臂，像是想安撫硯天希，卻又不知該如何做。「妳會害死又離！」

「害死他又怎樣？」硯天希惡狠狠地說：「我又不認識這臭小子，我也不認識你們，你們從頭到尾都和我作對，我要把你們一個、一個全宰了——」

她這麼一吼的同時，強烈的魔氣從夏又離眼耳口鼻噴出，不但將夜路、盧奕翰和安娜嚇得往後一退，連夜路身體裡的鬆獅魔腦袋也給震驚得從夜路胸口彈了出來，淌著一條紫黑舌頭發出咕嚕嚕的威嚇聲。

鬆獅魔也是凶悍犬魔，以前便與硯天希對峙過，當時他的力量就不及硯天希，此時硯天希魔體煉成，力量翻倍，一顆狐狸腦袋雖然比鬆獅魔大腦袋小了幾號，但散發出的駭人魔氣卻是數倍之多。

「妳……妳殺我們就算了……」夜路急急地說：「但又離……就是這小子，妳千萬不能殺呀！」

「我爲什麼不能殺？」硯天希那狐狸腦袋激烈掙扎著，她仰著頭像是想要親眼瞧瞧夏又離面貌，但她此時腦袋掛在夏又離頸際，怎麼仰頭也瞧不見夏又離正臉，索性將腦袋又縮回去，唰地從他肩膀鑽出，用鼻子頂著夏又離臉頰，怒氣沖沖地說：「臭小子，他們說你不能殺？爲什麼不能殺，你說話啊！」

硯天希問了兩次，見夏又離沒有反應，氣得在他臉上咬一口，將他左臉咬得鮮血淋漓。

同時，夏又離的背後，陡然閃過一片黃影。

「啊？」盧奕翰和夜路見硯天希張口咬夏又離，已經驚駭至極，又見夏又離身後那道黃影，更是訝然——那是一條碩大的狐狸尾巴。

「嗯？咦咦！」硯天希像是對那條探出夏又離體外的尾巴如獲至寶。「尾巴，我的尾巴出來啦！」

「你們……」硯天希將一公尺長的大尾巴豎到夏又離肩際，摩挲撲拍著自己的狐狸腦袋，然後睨眼瞧著安娜等人，說：「我心愛的尾巴出來了，你們知道這代表什麼嗎？」

「代表……什麼？」夜路和盧奕翰一時還不明白硯天希這話，但見到那豎起的大尾巴尖端，出現了一點墨黑。

「代表你們死定了。」硯天希冷冷地說。

在迅速擺動的尾巴上方，出現一個個瑩亮符籙光圈。

「哇，她能用尾巴畫咒！」夜路等人這才明白硯天希的意思，但已無法及時反應。

一隻隻火焰鳥兒自符圈中飛出，將捆著夏又離四肢的黑髮燒燬，且撲上夏又離雨衣、腳鐐、手套上那一張張用來抑制硯天希力量的禁咒符籙。

跟著，一具巨大的黑色骷髏骨架，附上夏又離後背。

墨繪術，力骨。

07連體

「這裡呀，就是以前那個臭法師做壞事的地方喲。」桐兒指著架在頂樓側邊一處廢棄鴿舍說：「他躲在裡面養小鬼害人。」

郭曉春盤著腿坐在頂樓帳篷外，雙手托著她那把白鶴傘微微發愣，白狗阿毛靜靜地伏在腳邊，背上傘袋裡裝著他專用的古怪破傘。

一旁的桐兒、梨兒和萍兒三個小姊妹，妳一言我一句地說起過往故事。

「就是我們呀！」梨兒張開手，誇張地說：「臭法師養了好多小鬼，我們三個是裡面最厲害的三姊妹。」

「其實我們不是親姊妹，但比親姊妹還親喔。」萍兒補充。

「當時我們幫臭法師做了好多、好多壞事，幫他賺了好多、好多錢，但他一點也不感激，還時常虐待我們。」桐兒說：「他做賊心虛，常常搬家，搬來搬去，有時把我們養在豬圈、有時把我們養在雞寮、有時把我們養在廁所，這是因爲呀，他那門派養小鬼的手法，是讓小鬼吃腐敗的內臟、髒血，所以他習慣用牲畜的臭氣來掩飾那些腐肉的氣味。」

「那臭法師不知好歹、膽大包天，也不知道接了誰的委託，打起婆婆的主意，想偷婆婆的東西。他租下這頂樓住家，用鴿舍的臭氣掩飾我們的血氣，派我們去婆婆家探路。」梨兒接著說。

「婆婆一下子就逮到我們。」萍兒這麼說，然後梨兒再補充：「到那時我們才知道，世界上竟然有婆婆這麼厲害的人，那臭法師會的所有法術，在婆婆面前，全都像小孩子把戲……」

「曉春，妳根本沒有在聽嘛——」桐兒突然蹲到郭曉春身旁，湊近她的臉，盯著她雙眼說：「妳這兩天總是魂不守舍的。」

「不……」郭曉春說：「我有聽……不過……」

「曉春，妳很在意那天比試被安娜姊打敗嗎？」梨兒這麼問。

「不，當然不是。」郭曉春連忙搖頭，說：「安娜姊在日落圈子算是我的前輩，且她教我許多事情，我當然比不上她，只不過……」

「只不過什麼？」三姊妹齊聲問。

「我覺得有些對不起阿公的十二護身傘……」郭曉春這麼說時，回頭望了望阿毛身後那大行李箱，大行李箱裡頭裝著十二把紙傘，正是郭曉春爺爺阿滿師晚年鑽研出來的十二護身傘。

位於高雄美濃的郭家傘莊，是台灣除了王家傘之外的另一重要派別，郭家傘莊最爲人所知的，就是那名滿天下的「鎮宅四傘」，傘裡囚著四隻窮凶極惡的大魔。

阿滿師早年憑著那鎮宅四傘，在日落圈子裡打響名號，到了老年，他不再使用鎮宅四傘，而是專注修煉心中的嶄新創意，也就是這組護身十二傘。

十二傘裡最重要的核心主傘，是那無眼無口無鼻的十二手鬼，十二手鬼能替傘師持其他傘，彷如傘師親手操縱——以傘持傘，全世界十多支傘術流派，能做到這點的傘師可是寥寥無幾。

而那十二手鬼持著十一把傘，空出的一手則是阿滿師特意留給郭曉春的白鶴傘；這十二傘再加上白鶴傘，一共十三把傘，才是阿滿師這組護身傘的完成體，只是阿滿師這十二護身傘練成也有一段時間。郭曉春提及護身傘時，總是習慣稱「十二傘」，而不是「十三傘」。

「安娜姊說得的沒錯。」郭曉春喃喃地說：「拿著傘的傘師，不應該視爲一個單體，而是一個團隊；每一把傘裡住著一個或是多個傘魔，傘師只是這些傘魔的指揮官。

如果指揮官不中用，再厲害的傘也發揮不了作用。」

「我一個人拿著阿公的十二傘，再加上我的白鶴傘……」郭曉春輕輕撫著腿上的白鶴傘，說：「根本算是一支小型部隊了，但我卻不懂得操縱這支部隊。十二護身傘，每把都是阿公苦心修煉出來的寶物，我沒辦法將這些傘的戰力完全發揮出來……」

數天前安娜邀盧奕翰、夜路、郭曉春等人，在穆婆婆見證下，互相比劃交手，以求增長彼此戰鬥實力。安娜接連擊敗夜路和盧奕翰，最後指名郭曉春——且在一瞬間內擊敗了她。

「曉春，記住，這就是戰場跟擂台的差別，站上有限制的擂台，妳那護身大軍能夠擊敗許多人，但在戰場中，許多在擂台上打不贏妳的傢伙，卻有辦法殺了妳。」

當時安娜這麼說，她用以擊敗郭曉春的方法也極其簡單——

一隻長髮娃娃，神不知鬼不覺地爬到郭曉春身上，以美工刀抵著她的頸子，郭曉春招出的那批護身大軍儘管戰力強悍，但在傘師受制的情況下，也無用武之地了。

「我到現在依然搞不清楚，安娜姊是怎麼讓娃娃爬到我身上的。」郭曉春苦笑說：「我問她，她也只是說：『就算我告訴妳答案，其他人還是能想出其他殺妳的方法，而

妳防範不了所有狀況。』」

「說不定她吹牛皮。」桐兒這麼說：「她只要事先把縮小的娃娃放在妳的衣服上，開打時才施法令娃娃變大，妳當然防範不了。」

「是呀。」梨兒也說：「日落圈子裡各門各派的法術本來就有優有劣，懂法術的不見得會打架，會打架的不見得懂法術，傘師能夠指揮厲害大魔已經很不容易了，妳可是同時指揮十三把傘，還要顧著自己，難度也太高了。」

「這就是安娜姊想要教會我的事……」郭曉春這麼說：「傘師最大的弱點，就是傘師本身，一旦敵人有辦法繞過傘魔，直攻傘師，就算手上拿著再厲害的傘也沒用……我得想出一套更能有效保護自己的戰術。」

「這有什麼困難，我立刻就想到了一個！」梨兒哼哼地說。

「妳少吹牛！」「說來聽聽。」桐兒和萍兒左右望著梨兒。

「那還不簡單，曉春妳再弄把小傘養著我們三個，打架時，我們三個躲在妳身上，那些破爛娃娃哪上得了妳的身。」梨兒扠著手說：「我們三姊妹或許打不贏大鬼大魔，但那符術娃娃哪比得上我們吶。」

「妳這算什麼戰術……」桐兒等正要反駁梨兒，突然聽見附近傳來一陣鈴鐺噹噹聲，同時，這公寓樓頂通往樓下的樓梯口外，亮起一陣紅光。

「發生什麼事？」郭曉春一見那警示紅光，立刻持著白鶴傘奔去，白狗阿毛汪地一聲化為狗頭人形壯漢，一把提著裝有十二護身傘的大行李箱，緊跟在郭曉春背後。

「黑摩組打來了？」桐兒等三姊妹也緊隨在後，一同來到那樓梯口紅光位置，那兒有兩隻小娃娃，一隻捧著一具貼著符籙的對講機，另一隻捧著一紅、一綠兩盞小燈，綠燈是代表尋常通話，紅燈則是警示訊息。

「發生什麼事？」郭曉春剛拿起對講機，便聽見那頭傳來盧奕翰的喊聲：「硯天希又發作了，快過來幫忙——」

「什麼？又是那兩個合體笨蛋？」三姊妹急躁地要轉進樓梯，想前往底下安娜造的快速結界通道入口，卻見郭曉春抬腳踏上旁邊圍牆。

「這樣比較快。」郭曉春站上圍牆，像是刻意不往下看，深吸了口氣，張開白鶴傘，同時轉身向阿毛張開一臂。

「汪！」狗首人形的阿毛高高蹦起，在空中化為狗身，往郭曉春懷裡撲去。郭曉春雖將阿毛接個正著，但被一同甩來的大行李箱撞得腳步不穩，搖搖晃晃地就要往樓下跌去。

一陣白光自鶴傘發出，那紅頂白鶴倏地飛天，一爪抓住郭曉春肩頭，一爪抓住傘箱，高高飛起，往兩條街外的穆婆婆雜貨店飛去。

「什麼呀，這不是曉春的風格！」「她在模仿安娜姊耍帥！」「怎麼不帶我們一起飛？」三姊妹見郭曉春飛遠，這才急急飛天追去。

「要落地囉！」郭曉春在距離雜貨店後巷約莫數公尺處的空中收合了紙傘，她抱著阿毛，斜斜地竄落進那狹窄不足一公尺寬的防火窄巷裡。

落地前一刻，白狗阿毛再次變化成壯漢身形，反過來抱著郭曉春安穩落地。

他們奔入防火巷，從雜貨店後門的結界入口，進入穆婆婆結界。

「夏又離他們在哪裡？」郭曉春持著白鶴傘，在結界入口處的對講機按了半晌，卻都無人應答，只好憑著記憶從入口往地下牢房的方向找去。

穆婆婆平時會按照需求和心情調整結界內部構造，結界範圍也時大時小，但某些特定空間倒是終年不變，包括堆擺零食商品的雜貨店面、穆婆婆的臥房、老舊廚房、古井大樹小庭院，以及一處有著天井構造的仿校舍建築等等……

郭曉春從後門入口找了半晌，只感到結界深處傳出一陣又一陣的古怪魄質，那魄質帶著激烈的鬥氣，像是厲害的大魔戰鬥時發出的氣息。

她知道硯天希的來歷，知道她是百年狐魔，力量甚至超過了郭家鎮宅四傘裡的任何一隻大魔。

「我總是太過輕敵……」郭曉春在接近某處廊道岔路時，頓了頓，轉頭對阿毛說：「開傘箱，這時候應該要用十二傘。」

「汪。」阿毛吠了一聲，揭開傘箱，取出十二手鬼傘和連接長桿，一併遞給郭曉春。

「唔……」郭曉春將那長桿與十二手傘接合之後，隱隱察覺這十二護身傘的另一缺陷——與長桿接合後的十二手傘接近三公尺，在狹窄廊道裡只能斜斜挺著，使用上極為不便，甚至傘面一張，連前面的路都瞧不清楚……

她只好卸下長柄，左手持著的十二手傘向後，右手持著的白鶴傘向前，讓阿毛在前頭開路。

「阿毛，給我文生傘、悟空傘、土龍……不，毒蛇傘。」郭曉春這麼下令，在狹窄的廊道裡，十二手傘鬼也無法同時張開所有傘，因爲儘管傘魔們不怕擠，但紙傘若是在激戰中碰撞出損壞，可是會對傘魔造成干擾——相對脆弱的紙傘，也是傘術一大弱點。

在前頭開路的阿毛，挺著他那柄怪傘，將郭曉春吩咐的傘一一從傘箱取出，拋給後頭的十二手鬼。

文生傘張開，蹦出一個穿著歌仔戲服的持劍小生；悟空傘裡，則蹦出一個同樣穿著戲服的大猴，那大猴持著一支鐵棒，和文生一前一後守著郭曉春。

跟著，十二手鬼張開了毒蛇傘，廊道地板上頓時千蛇鑽動，郭曉春身前、身後十數公尺都在這毒蛇大軍護衛範圍裡。

「這樣的話……」郭曉春前後望望，只見上方有白鶴守護，地下有毒蛇大軍，前頭有阿毛和文生，後頭有十二手鬼和悟空，似乎再也沒有偷襲空間，但她心中仍然隱隱不安，腦袋裡想的全是碰上黑摩組時，對方會如何破解她的陣式。

「怎麼有隻猴子啊？」

一個清脆聲音自郭曉春後方發出。

郭曉春轉頭，視線越過十二手傘和傘魔悟空，望著站在那後方廊道轉角旁的女孩。那女孩面貌美麗，留著一頭淺棕色的及肩中長髮，穿著白襯衫和黑色百褶裙，揹著一個碩大古怪的黑書包。

連眼睛也是淺棕色的。

「什麼啊，猴子還化妝穿衣服？這是什麼怪猴子？」那女孩像是見到有趣的情景般大步走來想一探究竟。

「妳……」郭曉春聽她的聲音，駭然大驚。「妳是硯天希？」

「妳也認識我？」硯天希的過往記憶雖然時好時壞，但這些天總是記得大家老喊她這三個字，知道這是自己的名字，便問：「妳又是誰啊？」

「我……」郭曉春急急解釋。「我們都是妳的朋友，我雖然沒見過妳本人，但……」

「沒見過我，又說是我朋友。」硯天希冷笑一聲，快步走近郭曉春。「你們一個比一個還會騙人！」

悟空一棒子往硯天希臉上打去。

鐵棒被硯天希一把抓著搶下，轟隆砸凹了悟空肩膀。

文生速度彷如飛電，挺著長劍越過郭曉春身邊，往硯天希胸口刺去，被硯天希掄動鐵棒轟上了牆。

下一刻，硯天希已經抓著郭曉春左右手腕，且閃過上方白鶴的啄擊、踢飛撲來的阿毛，將郭曉春按在牆上，嘴巴張開露出一排狐狸銳齒，往郭曉春頸子咬去。

「天希，不可以——」夏又離的吼聲自硯天希背包裡發出。

「臭小子，你終於醒啦？你聞到漂亮女人的味兒啦？」硯天希像隻頑劣小狗般扭著鼻子，在郭曉春髮間、頸際、胸口嗅個不停，說：「這就是你們男人喜歡的氣味？」

「傘師郭曉春跟阿滿師都是協會的好幫手，妳別打錯人！」夏又離在巨大的黑色書包裡叫嚷著。「妳的敵人是黑摩組安迪，不是穆婆婆！」

「我的敵人是誰，由我自己決定，什麼時候輪到你來幫我決定啦？」硯天希氣呼呼地回頭斥罵。

郭曉春本想抬腳用膝蓋頂撞硯天希，但她雙手被硯天希抓得一動也不能動，知道這百年狐魔儘管身材與她相若，但力量卻超過她百倍不止，冒然突擊只會適得其反。

「阿毛！別衝動——」郭曉春急急下令。「硯天希不是敵人，她是我們的朋友！」

「誰跟妳是朋友，我又不認識妳！」硯天希聽郭曉春這麼說，便怒瞪著她。

「有志一同對付黑摩組的人，都是朋友。」郭曉春吸了口氣。

「放屁，誰說的？」

「我……我阿公說的……」

「妳阿公又是誰啊？我不認識妳，也不認識妳阿公！」硯天希怒斥：「妳是那老太婆的朋友、是那賤婊子的朋友、是那下流作家的朋友，不是我的朋友！妳快叫妳朋友把百寶樹交出來，否則我把妳當果子吃了！」

「天希，妳別胡說八道，妳從不吃人，也沒吃過人！」夏又離大喊。

「我以前沒吃過，現在吃不行嗎？」硯天希回嘴，且再次將臉湊近郭曉春頸子嗅聞。

「一手養大妳的狐狸媽媽千雪教過妳，要妳無論如何都不能吃人！」夏又離急急地說：「妳爸爸是大狐魔硯先生，妳的親生母親是人類，妳有一半人類血脈，怎能吃人？」

「有一半人類血脈爲什麼不能吃人？」硯天希不服地說：「你們到底是誰？一個個要教我什麼能吃什麼不能吃？」

「妳敢咬她我就不娶妳了！」夏又離大吼。

「啊？」硯天希猛地一愣，瞪大眼睛，鬆開郭曉春雙手，往後一蹦，讓大書包撞上廊道牆面，轟隆將牆撞出一個大洞，撞入一間古怪房間。

同時，郭曉春那頭地面凹陷，郭曉春和阿毛腳下一空，嘩啦落入另一條廊道裡。

「你這臭小子講什麼狗屁？」硯天希怒氣沖沖地站起，掀翻桌子踢爛椅子，說：「你以爲你是誰？我有說要嫁給你嗎？你這混蛋……你說話啊……唔！臭老太婆這面牆這麼硬？撞得痛死我了……」

硯天希揉著額頭，喝問半晌，卻得不到回音，便奔到一面大鏡子前，斜斜對著鏡子，身子一抖，背後那大書包倏地化散，成了幾束黃毛。

夏又離身子呈蹲姿，雙手抱膝，貼在硯天希背上，額頭上還腫了一塊大包——

「釘魂針的效力還在，他們沒辦法完全分開，身體有一部分連在一塊。」盧奕翰指著一面鏡子，對夜路、安娜，以及趕來會合的穆婆婆等人，還有剛落下來的郭曉春解釋說明著夏又離的身體狀態。

鏡子另一頭，就是硯天希和夏又離。

「咦？是誰在說話？」硯天希似乎聽見盧奕翰的聲音，她抓著那面大鏡子左搖右晃，不時側過身，透過反射瞧瞧背後的夏又離；由於他們背部相連，夏又離個頭比她高，因此硯天希使出法術將夏又離捆成蹲姿，揹著他走，方便行動。

「我……我說……」夏又離被剛剛那記撞擊撞得暈頭撞向，但剛剛硯天希破體初時重病失神的症狀倒是好轉許多，他說：「要是妳眞的什麼都不記得，乾脆殺了我好了，反正妳再這樣鬧下去，黑摩組攻打過來，大家也只能一起死。」

「你以爲我不敢？」硯天希一擊將那大鏡子粉碎，捏著一片較大的玻璃，反手往夏又離頸子刺去，在距離他脖子一公分處停下，說：「臭小子，快交代遺言，然後乖乖給我去死。」

她見夏又離不吭聲，冷笑地說：「怕了吧，怕就求我放了你，發誓以後再也不准頂撞我！」

「我不是怕，我是無話可說。」夏又離嘆了口氣，說：「妳要殺就殺吧，我沒有遺言好講。」

「你……」硯天希瞪大眼睛，捏著那玻璃發怒半晌，一把將玻璃插入夏又離肩膀，卻與夏又離同時出聲哀號：「哇，怎麼回事——」

硯天希陡然弓身，摀著肩頭，喃喃地說：「爲什麼我的肩膀也會痛？」

「因爲……」夏又離痛得臉色發白，說：「我們分不開，我們命中註定要在一起……」

「放你個屁！」硯天希一把拔出玻璃，又與夏又離同聲哀號，跟著氣憤大罵：「混蛋，這是什麼情形？爲什麼我要陪著你一起痛？」

「妳不想陪我一起痛，就別老是動手動腳啊！」夏又離胡亂掙扎，將手掌自捆著他身體的狐毛間鑽出，翻了翻掌，掌心出墨，彎指畫咒，變出一隻黑猿——這是墨繪術裡的「凶爪」。

「臭小子，你做什麼？你偷偷用我的墨繪？」硯天希感到背後魄質變化，突然覺得腳下一浮，騰空起來。

原來夏又離喚出墨繪囟爪，切斷捆縛著他的狐毛，夏又離個頭比硯天希高，兩人後背相連，夏又離身高較高，站直身子，硯天希雙腳便浮空了。

「臭小子，誰准你用我的墨繪？」硯天希氣憤亂動，彎腳踩蹬夏又離腿彎，將夏又離踹倒在地，自個兒也痛得怪叫起來。

「又離，好好跟天希溝通，別激怒她！」盧奕翰的聲音在房中迴盪，也不知從哪發出。

「怎麼溝通啊？她根本不講道理！」夏又離抱著腳哀號。

「又離，既然你們現在五感相連，你乾脆立刻脫了褲子打手槍好了，說不定能制服她——」夜路這麼說，身邊傳出盧奕翰的叫罵：「你不要越幫越忙！」

「夜路你也真古靈精怪，這辦法說不定真行得通……」孫大海的聲音也隱隱透出。

「給我閉嘴！」穆婆婆大怒：「哪個混蛋再講這種畜生話，我就撕爛他的嘴！」

「啊呀，你們全都在啊！」硯天希憤怒地自地上蹦起。「你們在看好戲是吧，你們——」

硯天希怒火沖天，全身魔氣噴發，兩隻狐狸耳朵自髮間豎起，一雙狐狸眼睛瞳孔豎成直線，狐狸尾巴從屁股彈出，正好自夏又離雙腿間翹起。

「喂！天希，冷靜，卡到了，妳的尾巴卡到我了……」夏又離連連叫嚷，卻感到背後硯天希一動也不動。

「……」硯天希鼻子扭了扭，微微撇頭，又扭了扭鼻子，跟著，她像是發覺了什麼般左顧右盼起來，跟著冷笑說：「臭老太婆，你們還找來新的幫手？」

「什麼？」盧奕翰和夜路互望一眼，一時不明白硯天希這話什麼意思。

「可惡，臭老太婆……用這鬼法術搞得我的頭好痛……」硯天希揉著腦袋，一身魔氣也更爲濃烈，她氣憤低喃：「好樣的，眞要打是吧，來吧，我通通宰了……」

「妳……妳在說什麼？妳怎麼了？」夏又離正感到不解，突然見到面前牆壁出現一塊巴掌大小的黴斑。

黴斑快速擴大。

黴斑中心滲出點點猩紅，凝聚擴大然後向下淌落。

叮叮噹噹的鈴鐺聲、救護車警笛聲、娃娃敲鑼打鼓聲、刺耳的哨子聲，同時或近或遠地轟響起來。

這些聲響和是眾人花費好些工夫，搜刮改造了許多玩具、警示器，用線路和符術串連起來的警示系統。

而在夏又離和硯天希附近的另一處結界空間裡，一盞紅色警示燈號在眾人面前激烈閃爍起來。

「他們來了！」安娜在所有人尚未反應過來之前，最先發出了尖叫。

她手上的手錶指針飛快轉動，她安置在最外圍的數十隻長髮娃娃，同時發出了警示。

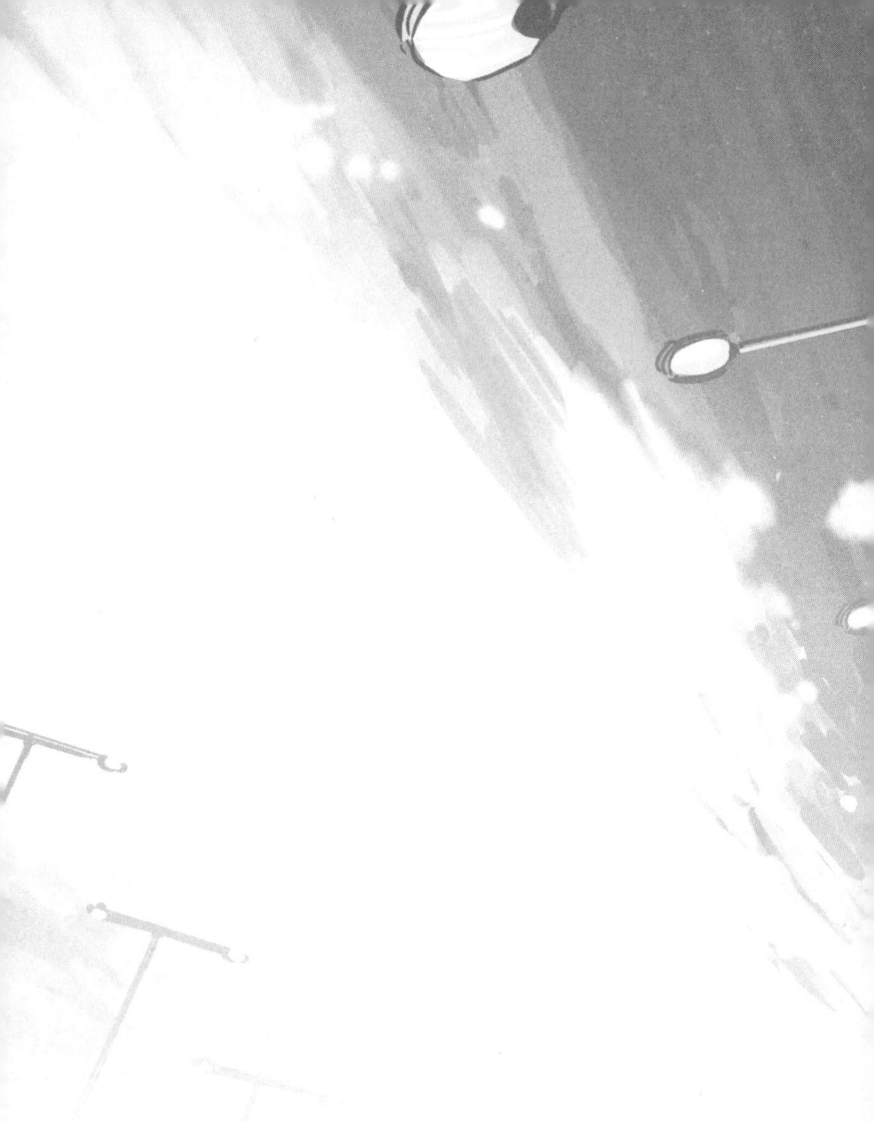

08大軍壓境

由於黑夢淺層效力影響，蘇澳鎮上的鎮民即使在深夜，甚至到了白晝，也忘了關燈。

此時正值深夜，鎮上多處依舊燈火通明。

但就在火車站牆上那大時鐘指針剛過兩點五分時，鄰近的燈開始一盞盞黯淡下來。各式各樣的燈在黯淡數分鐘後，又開始閃爍起來，映出的卻不是正常燈光，而是古怪詭異、忽明忽滅的藍綠紅紫光芒。

火車站月台外鐵軌上，停著一列模樣古怪的火車。

那列火車前頭是老式的蒸汽火車頭，火車頭最前端豎著一排沾滿血污的尖銳長刃；在駕駛座左右兩側，則懸著如同巨大燈籠般的怪異眼珠。

火車頭後方拖著兩節車廂，在車廂與火車頭之間的位置，生著四支大鉗，那四支大鉗彷如巨大的破壞剪，又似蝦蟹大螯。

後方車廂底下雖有著車輪，但在車輪上方的車廂外，卻也生出一支支尖銳鐵支，那些鐵支像是蝦足。

整輛火車看起來像是隻受到輻射污染而變形的巨大怪異龍蝦。

第一節車廂裡的裝潢，豪華得與詭怪車身外型落差極大，車廂後端是餐點吧台，前端有一面巨型液晶螢幕，中段是數座配置著個人餐桌的頂級座椅。

邵君持著酒杯，站在一處小圓窗邊往外望，笑著說：「蘇澳啊，好久沒來了，有點懷念呢。」

「我從來沒來過，一來就是黑夢世界的樣子。」莫小非在個人座位上，笑著扠起一塊高級牛排送進嘴裡。

鴉片像是早已吃飽喝足，自顧自地在另一側門邊，單手拉著上方一處金屬鐵桿，緩緩做著引體向上。他做了幾下，鬆開拇指和食指，只以後三指勾著鐵桿，然後連中指和無名指也鬆開，只用一隻小指繼續拉著單槓。

宋醫生的個人座位那獨立餐桌上除了一杯咖啡外，還擺著幾張大小地圖，和一個銀盆；銀盆裡盛著八分滿的水，漂著十數顆豆大的小球。宋醫生一面看著地圖，一面用一只長柄銀匙撥動那些小球，跟著抬頭看看前方那巨大液晶螢幕。

安迪窩在個人座位裡，十指交叉，目不轉睛地盯著那面巨大液晶螢幕。

螢幕裡，是蘇澳鎮上的樣子，那畫面像是空拍直升機攝得的畫面，且鏡頭不只一處，能夠隨著宋醫生撥動銀盆裡的小球移動方位、拉近，或是拉遠畫面。

「我說安迪呀，雖然你說得有道理，我們都同意要小心謹慎，但你實在也太小題大作了吧。」莫小非開了瓶新酒，就著瓶口一口喝去一半。「搞得像是電影裡大軍作戰一樣。」

「電影有我們精采嗎？」安迪笑了笑。「我只是試著規劃出一套標準作戰流程，至於現在的對手是誰，並不是太重要。」

「黑夢輾過去，流程也不重要啦。」莫小非嘖嘖地說：「連紳士淑女都擋不住我們的黑夢，全世界上也沒人擋得住了。」

「誰知道呢？」安迪淡淡地說。「之前四號公園的『陣』，和三重碰到的貘，都擋下了黑夢。」

「嚴格說起來，那些東西並不算『擋』下了黑夢，只是做了點垂死掙扎。」邵君這麼說。

「先等黑夢擴散開來一段時間，哪裡還有掙扎、哪裡死透了，一目了然。」宋醫生這麼說，他撥動著銀盆裡的小珠，指揮著外頭天空中那些生著翅膀的鬼眼蟲，自空中將整個蘇澳鎮一覽無遺。

只見巨型液晶螢幕上的俯瞰畫面中，原本燈火通明的蘇澳鎮，以整個火車站為中心向外黯淡再發出古怪異光。

建築和街道開始異變，各式各樣的怪異建築構造快速增生堆疊。

住民們一點也不以為意地維持著機械性的動作，像是什麼事情也沒發生般。

其中一隻鬼眼蟲，飛近位於蘇澳鎮內國道五號末端的十字路口處，那兒周遭有大片空地，此時幾處空地和街道上停佇著各式古怪車輛和持著武器的數百名活人野鬼，儼然是支軍隊。

這支軍隊的組成中，有些是特意煉製的鬼怪、有些是這段期間歸順的各路四指殺手，有些是以邪術控制的黑道流氓，甚至是隨意擄獲再加以改造的無辜市民。不論是鬼怪還是活人，他們的共通點是眼神渙散，渾身散發著凶惡殺氣。

「安迪，我就說你太誇張吧，這些人用來打協會主力還差不多，打一個老太婆的結界出動這麼大陣仗……你要被那老太婆笑死了。」莫小非哎呀呀地說。

「兵是練出來的。」安迪淡淡地說：「這段期間你們各自招募了不少人，真對上協會主力，能不能打呢？」

「我的人一定能打呀！」莫小非信心滿滿地說：「我親衛隊戰力，應該比其他人加起來還厲害吧，他們都沒我認眞——鴉片只挑會打架的，成天拿他們當沙包練拳；阿君只找帥哥玩遊戲，玩完就吃掉；宋醫生本來訓練了新人，但這陣子全忙著弄他那些神草，明明那麼多種子，也不分給我，哼！」

「宋醫生比妳認眞多了。」安迪笑著說：「別說我偏心呀，先不提那本來就是他的戰利品……那些種子讓他來養，應該比讓妳養要好得多呀。別忘了那樹老師跟幾個蟲師都是宋醫生自己找來的；要是讓妳來種，我猜妳前三天每天澆水、施肥好幾次，到第四天沒興趣了，就不理不睬，改玩其他東西了吧。」

「誰說的！」莫小非不服地說：「我如果有一顆種子，會好好照顧的，我會每天澆水施肥。」

「我猜妳會用酒當肥料。」邵君笑著說。

「她哪捨得拿酒澆樹，頂多自己撒尿施肥。」鴉片哼了一聲。

「不要小看我！」莫小非不服氣地說：「宋醫生，給我一顆種子，我種個好傢伙讓你們大開眼界！」

「我拿到的種子也只有五顆……」宋醫生這麼說：「在樹老師照料下，已經全部發芽了，種子的成長方向也已經固定，沒辦法再改了。」

「唉，眞是的，人家想要一隻寵物啦……」莫小非嘟著嘴說。「如果可以種出一隻可愛的小草獸，晚上可以抱著他，聞著他身上的青草香睡覺，不是很棒嗎？」

「這種鬼東西還需要浪費那些種子？」鴉片冷笑說：「隨便挑個巫醫都種得出來，不如種個強壯點的樹人，最好是很耐打——我受夠那些軟得和豆腐一樣的弱者了。」

「你才浪費咧，那些種子是種來打敵人的，怎麼會讓你打？」莫小非反駁：「你要耐打的，去打石頭、打鋼鐵就好啦！」

「其實……」宋醫生推了推眼鏡說：「其實樹老師規劃的五顆種子計畫裡，確實有樹獸和樹人這兩個類型，不過在成果出來之前，我不敢保證你們會滿意，至少——小非的想法應該不可能實現。我們煉出那麼多東西，凶是夠凶了，倒是沒有半隻可愛得讓人想抱著睡覺。」

「誰說的！」莫小非搖頭反對。「書念就很可愛呀，我想抱著他睡覺。」

「妳睡膩了，借我玩玩。」邵君舔了舔舌。

「那怎麼行！」莫小非瞪大眼睛。「書念跟妳那些玩具又不一樣，他是我們的夥伴呀，我還想讓他成爲我們第六人耶。」

「去妳的。」鴉片啐罵幾句髒話，說：「這跟當初說的不一樣，妳想把他當男寵是妳的事，但我可不同意和那小子平起平坐。」

「是啊，小非……」邵君笑著說：「如果妳可以找第六人，那我也想找找第七人和第八人了。」

「我也反對。」宋醫生神情冷峻。「除了黑夢的維護者艾莫和麗塔以外，只有我們五人能夠共享黑夢最高層級的力量，這是大家一開始的共識，隨意加人進來，情形會變得很複雜。」

「黑摩組五人，就是五個人，這一點不會有任何改變。」安迪淡淡地說。

「哼。」莫小非見所有人都反對她的提議，儘管不甘也不能再說什麼。她扠起一塊牛排吃下，咬嚼半天，覺得食之無味，氣呼呼地放下刀叉，站起身來，說：「我們還等什麼，快打過去呀，無聊死了！」

「贊成。」鴉片和邵君先後點頭，全望向安迪。

「……」安迪扠著手站起身來，向宋醫生挑挑眉。

「找到了。」宋醫生用銀匙撥動鬼眼蟲，螢幕畫面飛梭翻轉，負責拍攝的鬼眼蟲飛得極高，幾乎把大半個蘇澳鎮都瞧進了眼裡，投射在畫面上。

因爲黑夢壓境，所有的路燈、樓宇燈光全變化成詭異陰暗彩光的蘇澳小鎮，僅剩下一塊小區域的路燈仍是尋常白光。

宋醫生伸手按按胸口，雙眼異彩流動，整座小鎮上的黑夢增生建築發出的彩光在幾秒內盡數熄滅。

那一小塊白色燈火處，變得更加顯眼。

鬼眼蟲迅速飛低，拉近畫面。

只見那燈火仍明的幾條街中央，是棟位於巷弄轉角的古舊二層樓公寓。

那公寓一樓鐵捲門拉下，有塊看不出名稱的雜貨店招牌。

鐵捲門上懸著一面小小的告示牌子——本日公休。

「這就是我們的目標？」邵君等人相望一眼，都露出不屑神情。「比想像中還小。」

「這些人確實擁有抵抗黑夢的力量。」宋醫生說：「黑夢壓不進那小範圍。」

「好了啦，快走啦！」莫小非蹦蹦跳跳地來到車門邊，望著安迪：「再不走我要下車自己去囉！」

「即便獅子搏兔，也別大意，我可不希望再看到妳又被斬手斷足啦。」安迪攤開手提醒。

一聲尖銳嘶嘯聲自那怪異蒸汽火車的煙囪中發出，那是蒸汽火車與百匹駿馬甚至是電影裡的巨獸融合成的古怪聲音。

火車駕駛座左右兩隻彷如蝦目的巨大眼睛閃閃發亮，車廂外側的長足掙動起來，整列火車爬出鐵軌，攀過月台，踏壞了車站屋瓦，轟隆隆爬上大街。

四周街道響起各式各樣的引擎聲，一支怪異車隊快速跟上這列火車，車隊上滿載著剛才那支融合了各路人馬的混合軍團。

青慘殷紅艷紫的怪異光芒，又緩緩自黑夢增生建築閃爍起來，原本的低矮公寓長成一棟棟歪斜怪異的細長高樓，傾垮倒塌後又生出與原本面貌截然不同的新建築。

蝦形火車駛上一條胡亂築起的高架道路，那高架道路路面由一條條鋼梁和木板交錯拼湊而成，看上去像是雲霄飛車的軌道，但寬闊許多，足夠讓整支車隊都駛上去。

前方一棟棟拔高的增生公寓建築樓體，成了這高架怪道的梁柱，兩側建築持續增長，在這高架道路上方交會融合且持續向上長，不一會兒，這高架怪道猶如變成一條埋進怪樓裡的隧道，已經完全見不到天空。

車隊緩緩駛到高架隧道出口，安迪等人從容下車，來到隧道盡頭邊緣往下望去。只見在數十公尺外的前方巷弄轉角，立著一盞路燈和一棟古舊二層樓公寓，那便是穆婆婆的雜貨店。

雜貨店緊貼著一排漆黑高聳的古怪公寓群，那公寓群及鄰近建築，都受到黑夢影響而長得亂七八糟、高聳遮天，在幾十層樓高的建築群團團圍繞下，這兩層樓高的穆婆婆雜貨店和那盞路燈，看來格外孤獨，像是被狼群包圍的小羊。

安迪等人身處之處，則位在六、七層樓高的隧道出口，他們前方喀啦啦地又發出一陣陣聲響，腐鏽的鋼梁鐵架、木板、磚塊快速堆疊起來，緩緩堆築成一片向下的階梯。

「咦？」莫小非走出隧道，踏上階梯，指著穆婆婆雜貨店二樓一面窗，說：「有人耶！」

雜貨店窗邊擠了幾個人，他們輪流探頭往外、往上方望。

此時雜貨店周圍全堆滿了高聳建築，但上空依稀能夠見到天空，變成像是天井構造般，像是黑摩組等人為了鎖定目標而特意留下的空白。

「你們聽得到我說話嗎？」莫小非拍拍手，雜貨店外豎起一支擴音喇叭，莫小非腳下階梯也立起一支麥克風，她對著麥克風說：「你們是協會的人對吧？你們不怕死嗎？為什麼不逃跑？」

窗邊有個傢伙比手畫腳，但距離甚遠，莫小非聽不見他說什麼，她便又拍拍手。一根架著六、七支麥克風的金屬支架，自那雜貨店門外長出，豎近窗邊供他們說話，同時，己方階梯旁也立起幾個擴音器。

「去你媽的黑摩組，有黑夢了不起喔，妳以為所有人都要聽你們的，我偏偏不服，怎麼樣！穆婆婆雜貨店裡的古井魄質深不見底，把我們的結界養得像是銅牆鐵壁一樣。我們裡頭多的是俊男美女，樂得在裡頭養雞種菜、繁衍後代，可以撐個幾十年生出一支大軍，你們有本事就不要走！我們來比氣長——」那傢伙亂罵一通，還舉起手對著那些麥克風。他的掌心上竄出一顆大狗頭，咧開嘴巴發出雄渾巨吼。

「哇……」莫小非讓這突如其來的惡吼嚇得摀住耳朵，回頭見鴉片暴跳如雷、邵君摳挖耳朵，連忙將階梯上的擴音器拉得遠些，減低音量。

「喲，是那個色情小作家和那隻鬆獅狗。」邵君哼哼笑著。「他們從四號公園逃來這兒之後，還真的一直賴著不走了。也好，我一直想找機會和他好好聊聊天。」

「誰要跟妳聊天啊，去妳媽的！」夜路攀在那窗前罵個不停。「你們五個，沒一個像人的！其他四指也沒你們那麼無聊，好好的日子不過，吃飽了撐著，把全世界弄得像鬼屋一樣，好玩嗎？」

「媽的……待會看我扯爛他的嘴。」鴉片摩拳擦掌。

「他是我的喔。」邵君對鴉片搖搖手指。「你不是要那個能打的？」

「你說那個姓盧的協會小子？」鴉片哦了一聲：「他也在？」

「當然在啊！」夜路遠遠地持續大罵：「鴉片是吧，奕翰早準備好要揍你了，他說要把你兩條腿都打斷、把你揍得比鬆獅魔還矮！」

「我們到底還等什麼？」鴉片瞇起眼睛吸了口氣，揚開雙手，大步往階梯下走去。

「是啊，別拖拖拉拉的。」莫小非也跟在鴉片身後，一手提著那麥克風，一面走一面和夜路你一言我一句地唇槍舌劍個不停。「阿君說你是個不成材的作家，小說賣得不好所以才接協會接案子混飯吃，但又不能打，所以案子也辦不好。」

「那妳呢？我寫小說至少自食其力，妳連人都當不好才去當鬼嗎？」夜路連珠砲似地罵：「莫小非是吧，妳這小瘋婆子，聽說妳把酒當水喝、聽說妳體內一滴血都沒有，全都是酒精對吧！我告訴妳，要比瘋妳差得遠了，我們這裡也有個瘋婆子，等妳們碰了面，看看誰更瘋點，哼！」

安迪望著那雜貨店，彈了彈手指。底下雜貨店路面變成像海浪般波濤洶湧，唰地竄出各式各樣的鋼梁鐵柱，轟隆隆往雜貨店砸撞。

夜路嚇得抱頭躲回窗裡，那些鋼梁鐵架撞裂了雜貨店壁面、撞凹了鐵捲門，但下一刻，壁面上的裂痕與鐵捲門上的凹坑迅速還原，像是什麼也沒發生過。

安迪又彈彈手指，鄰近黑樓上的黴斑、血漬，迅速往雜貨店蔓延竄去——被黴斑染上的雜貨店牆壁竄出腐鏽鐵支，但很快就剝落恢復原狀。

「黑夢的力量應該還是強過那老太婆的結界，但我們遠道而來，能夠驅使的能量有限，而她們的結界有那源源不絕的古井魄質支撐著，可以和黑夢對峙一段很長的時間。」宋醫生這麼說。

安迪點點頭，又彈了彈手指，身後一隊怪異重機發出轟隆隆的引擎聲響，駛過莫小非和鴉片，直直往穆婆婆雜貨店的方向衝去。

一輛衝在最前頭的重機像是飛彈般轟隆撞上鐵捲門，整輛車卡在那凹陷捲曲的鐵捲門裡。

鐵捲門喀啦啦地升起，重機落在地上，車上兩個被操控心智的老虎會流氓持著刀械掙扎起身，大聲叫囂著。

鴉片來到他們身後，一手一個將他們扔飛老遠，自個兒一腳踏入雜貨店裡。

「鴉片，安迪說你太急了。」莫小非跟著來到雜貨店外，探頭往裡面張望，見到裡頭貨架上擺著一罐罐零食糖果，忍不住踏了踏地，踏出一道影子，捲出一個大罐捧在手上，搖搖晃晃、揭開蓋子聞聞，說：「這些糖是真的。」

她回頭看了安迪等人一眼，便將手上糖果隨意扔了，說：「安迪一定會說我不夠小心，敵人有可能在零食裡下毒。」

「哼。」鴉片也不理莫小非自言自語，抬腳一踢，轟隆將三張擺滿零食玩物的併排方桌踢得往後飛退老遠，桌上三分之一的瓶罐散落下地。

莫小非晃晃手上戒指，腳下柏油路面軟化翻騰，海浪般溢入雜貨店裡，被那柏油沾著的桌腳、櫃柱，立刻爬出一片片黴斑、淌下污血、腐朽崩塌，那些瓶瓶罐罐裡的零食糖果也腐爛敗壞，甚至生出蛆蟲。

「死丫頭糟蹋老太婆的食物！」穆婆婆的斥罵聲從角落小桌上一台收音機發出，雜貨店裡光芒閃耀，傾垮的桌子重新一張張立起，破爛的瓶罐堆疊完好，牆壁上的黴斑也消褪無蹤，只是裡頭空空如也——那些零食糖果可是眞貨，儘管穆婆婆結界儲藏室裡還有存貨，但此時自然不可能再上架讓莫小非玩弄。

「哼！你們聽得見我說話對吧！我命令你們，跪下，全部給我割腕，找不到刀子，就用你們的牙齒一口一口把動脈咬開，吸光自己的血，最好連肉也咬下來吃——」莫小非舉著手指揮店門外黑夢力量進攻雜貨店，店外柏油路面掀起一陣陣巨大黑浪，那黑浪像是柏油結合了砂石再混著污血和人骨，大量地往店裡灌，淹到了人腿高度。

「用這蠢招之前，記得先講一下。」鴉片早一步躍至桌上，瞪了小非一眼。

「你平常都吃那個噁心的罐頭，我以爲你不怕髒啊！」莫小非回嘴，她的腳下空出一小塊區域不受那黑漿沾染。

雜貨店裡，本來逐漸堆高的黑漿水位突然開始下降，原來地板上多了四個呼啦圈大小的排水孔，將那些黑漿全洩去不知什麼地方了。

「要下跪妳自己下跪、要割腕妳自己先割！」夜路的聲音也自那小桌上的收音機發出。「穆婆婆的結界有阿彌爺爺的針陣保護，黑夢對我們起不了作用，妳吃屎吧妳！」

「啊呀——」莫小非聽夜路這陣爆罵，氣得瞪大眼睛，胳臂一揚像是想催動更大的黑浪，但揮了揮臂卻不見有新浪灌入，轉頭只見安迪、宋醫生和邵君也已經來到的雜貨店外，是安迪揮手驅散了本來掀起的黑浪。

「沒用的，小非。」宋醫生說：「單靠黑夢，是攻不下這個地方的。」

「怎麼可能……」莫小非攤手說：「那老太婆一個人，有可能造出比華西夜市和紳士淑女更強大的結界嗎？」

「不一樣。」安迪踏入雜貨店，伸手扣了扣四周方桌子和櫃子，說：「這個結界融合了三種力量——雜貨店主人的結界術、古井魄質，以及阿君在四號公園發現的手記陣法。艾莫看過了那些資料，那是過去部分四指成員私下流通的暗號文字。這個陣法應該是當初有些研究人員叛逃之後，與外界異能者共同鑽研出來對付黑夢的方法。」

「華西夜市蘊藏的魄質雖然巨大，但華西夜市結界本來就不是以戰鬥爲目的建造，且大部分蘊藏的魄質，都藏在地底的罈子裡，臨戰時完全發揮不了作用。」宋醫生推著眼鏡說明：「這裡不一樣，這雜貨店結界本來就是爲了守護古井而建立，雜貨店主人對於抵抗覬覦古井的入侵者，顯然擁有豐富的經驗。」

「若說華西夜市是銀行，這裡便是軍事碉堡。」安迪補充：「至於紳士淑女的結界，配合那些貘，確實也能與我們的黑夢抗衡，但他們沒有古井魄質作爲後盾，撐不了那麼久——且當時，我們也是靠蠻力取勝，若只動用黑夢，可能要花好一段時間。」

「啊，這樣不好玩……」莫小非不悅地說：「我想看他們自相殘殺，這黑夢沒有那麼無敵嘛……」

「整個日落圈子多的是怪才，妳有黑夢，別人自然也能想出辦法與我們抗衡。」安迪笑著說：「除非艾莫和麗塔破解了壞腦袋最後一道鎖，讓我們使用百分之百的力量，到那時候，或許妳又要嫌天下無敵有點無聊了。」

「說得也是。」莫小非舒臂踢腿，跟著踏踏地，踩出幾道黑影，將通往後方廊道的桌子櫃子，連同角落小桌和收音機全掀翻砸爛，說：「那這次還是用蠻力解決好了。」

「妳可以用蠻力逼他們自相殘殺啊。」鴉片嘿嘿笑地躍下桌。

「別忘了把小作家留給我，我有比自相殘殺還有趣的點子。」邵君笑著說。

「什麼點子？又是把他熬湯煮成拉麵？」莫小非問。

「拉麵吃膩了。」邵君舔舔唇說：「得想個華麗的遊戲，才配得上我跟小作家的交情。」

「華麗地吃屎吧妳！」夜路的聲音自鐵捲門旁的對講機傳出。「一堆變態講什麼鬼話，那是人講的話嗎？」

「吃屎？」莫小非哈哈大笑，對邵君說：「妳把他綁起來，撐開他嘴巴，逼他吃妳的屎怎麼樣？」

「這豈不便宜他了？」邵君說：「讓鴉片餵他吃好了。」

「媽的我沒這種興趣。」鴉片大步往雜貨店深處廊道走。

「媽的我也沒興趣！」夜路持續罵：「喜歡玩屎是吧……好！你們就不要落在我手

上，對不對，兩位鳥兄弟──」

「對！」小八和英武的聲音一齊自對講機發出。

安迪轉過頭，笑著對宋醫生說：「又得麻煩你了。」

宋醫生點點頭，伸手比了個「請」的手勢，跟著緩緩後退幾步，腳下出現一隻巨掌，將自己托到半空；後方怪樓轟隆隆凹陷出一個數十坪寬闊、挑高三層的巨大空洞，空洞中豎起高腳桌椅。

巨掌托著宋醫生來到那寬闊空間，他坐上那高腳桌椅，扠著手俯視底下的雜貨店。

怪樓兩側唰地落下兩道長梯，宋醫生的隨從們立時捧著餐點茶飲和那能夠指揮鬼眼蟲的銀盆等所需道具，上去幫宋醫生布置他的臨時指揮所。

他與上次進攻紳士淑女結界時一樣，負責在外掌控黑夢，掩護眾人進攻。

「哇，安迪，需要帶這麼多人進來嗎？」莫小非跟在鴉片身後走入那廊道，只見安迪身後還跟著數十人。

「練兵不帶兵，那練什麼？」安迪這麼說，跟著喊了一聲。「鬼虎。」

「是。」一個老男人領著十來人，加快腳步走出隊伍、跟上莫小非。

帶頭那老男人穿著不起眼的夾克，戴著琥珀色太陽眼鏡，他與身邊幾個手下，過去是四指台灣最大分支竹南組的成員；竹南組解散之後，鬼虎帶著幾個親信手下投靠黑摩組，成爲莫小非專屬手下。

華西夜市一戰時，混在那四指殺手群中，替莫小非打頭陣的傢伙，就是鬼虎這批人；鬼虎等人與其他衛兵最大不同之處，就是他們未被洗腦控制，還保有正常心智。

在鬼虎後頭還有幾個傢伙，他們是華西夜市一戰受黑夢控制戰敗的拳袈組成員，包括那矮小的謝老大、魔術師傑生、影術士影魅等人……他們渾身殺氣奔騰，神情肅穆冷峻、雙眼閃爍著異光，像是殺人機器。

「保護好小非，這是你今晚的任務。」安迪這麼說。

「是。」鬼虎大聲應答，快步來到莫小非身邊，向她拱手鞠躬，像是古代近臣向公主行禮一般。

「哼，我才不需要他們保護咧！」莫小非皺眉揮手，卻也未趕鬼虎走，而是轉過身對謝老大和影魅說：「我要坐馬車。」

「是。」影魅身子倏地一旋，變得漆黑如墨，一溜煙鑽進地板，又自莫小非腳下竄起，她的下半身化成了一具精緻小巧、黝黑晶亮的單人車廂，上半身探在那車廂前，雙手一甩，變化成韁繩。

後頭謝老大快步走來，像條忠狗般伏在影魅化作的車廂前，任影魅甩動韁繩鉤住他的肩頭和嘴巴。

「駕！」莫小非坐上那「馬車」，向後仰坐，雙腿抬起交疊，擱在影魅肩上。

謝老大聽見莫小非號令，拔地奔爬起來，拉著影魅化成的車廂往前疾竄；謝老大身形矮小，手腳並用拖動車廂的模樣活像隻猴子，他的口鼻都燃著火。

莫小非經過鴉片身邊，對鴉片說：「你別看他這麼聽話，他的意識還是清醒的喔，我讓他保有原始心靈，但身體一切動作甚至是臉部表情，都得完全聽我的命令行動——這招是我拜託麗塔姊教我的，你也可以去請教她，不過記得要客氣一點，人家可是四指大前輩喲。你把這招用在賀大雷身上，就可以同時擁有一個恨你的賀大雷，跟聽話的賀大雷。」

「哦——」鴉片眼睛亮了亮，像是對莫小非的建議十分感興趣。

「走，跟我來。」莫小非這麼一喊，領著鬼虎和拏架組兩批手下，搶在最前頭，繞出廊道，來到那雜貨店結界的中庭區域。

「哇，原來這結界這麼大呀！」莫小非在「馬車」上站了起來，轉頭四顧，只見這區域像是建築內院的中庭，中央幾處花圃連同空地有數十坪，四面是校舍模樣的建築，有好幾層樓高，抬頭能夠看見天空，且不是真實外界的深夜，而是黃昏景色。

「這地方好大，他們躲在哪兒？」邵君等人也跟著來到這中庭區域，大夥兒見小雜貨店廊道竟通到這地方，也不免有些訝異。

此時安迪與眾人腳下漆黑一片，像是焦炭、又似黴斑，那是黑夢的力量，宋醫生在外頭操使黑夢源源不絕地向雜貨店裡灌入黑夢力量，供安迪等人使用。

「我們來了，你們出來啊！」莫小非嚷嚷地大喊。

「誰規定一定要跟你們正面單挑啦？」夜路的聲音迴盪在整個中庭。「有本事就來找啊！找不到是吧，好，我給妳一個提示——左手邊樓梯上來第十七樓右轉第九間房間裡面衣櫥打開有把鑰匙，拿鑰匙打開右手邊樓梯下去第二十六樓左轉第十二間房間的門，老子我在那裡等著！幹，來啊！」

「等等，你再說一遍！」莫小非急急地問，還轉頭問鬼虎。「那混蛋剛剛說去幾樓拿鑰匙？」

「妳別聽他鬼扯。」邵君哼哼地說：「不敢露面，表示他們還是害怕被黑夢控制腦袋。」

「廢話，誰不怕？」夜路大聲說：「我的腦袋珍貴得很，豈能讓你們隨意玩弄，有本事就來找啊。」

「我們眞要跟他玩捉迷藏？」邵君望著安迪。

「好呀、好呀，捉迷藏，我最喜歡玩捉迷藏了！」小八興奮地插嘴說話。

「小作家，怎麼你說話聲音突然變那麼奇怪？」莫小非將小八的聲音當成夜路在說話。

「白痴啊妳，剛剛那又不是我，妳當整個結界只有我一個人啊！我告訴妳，協會大軍這幾天陸續進駐到結界裡了。」夜路大聲說：「我們千軍萬馬，對不對，兄弟們！」

「對！」「是啊！」「說的沒錯。」「貓狗人講得好。」「我們有很多人。」「有一萬個人。」「不只，我們有一千萬人。」小八跟英武輪流用各種腔調說話，模擬夜路口中的千軍萬馬。

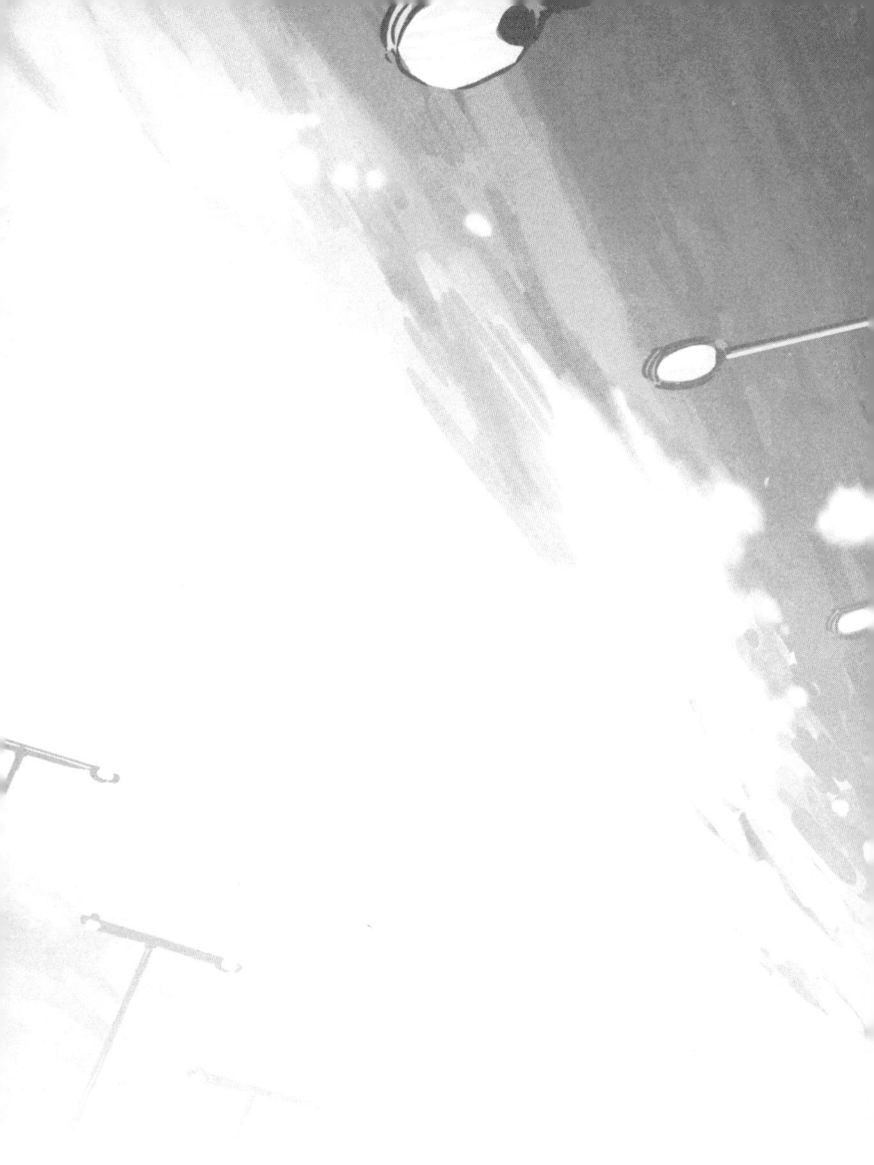

09吻

「那個拉車的小個子……是謝老大？」盧奕翰貼在一扇敞開一條細縫的小方窗旁，望著底下往樓梯前進的黑摩組大軍，他與夜路曾經和挐袈組周旋作戰，領教過那謝老大的厲害，此時見那過去如同凶神一般的謝老大，竟像條忠心的雪橇犬般，默默無語地替莫小非拉車，不禁訝然。

一旁夜路拿著老舊電話聽筒，透過那仿校舍建築的各處擴音器，不停和莫小非唇槍舌戰。

「喂，我說妳呀，就是妳，莫小非！妳這傻妞沒鴉片能打、也沒阿君沉穩、更沒宋醫生精明，妳不覺得妳在黑摩組裡根本就是個累贅嗎？」夜路一手提著老電話機身，一手拿著電話筒，講得口沫橫飛。「妳回頭看看其他人的表情，大家都嫌棄妳呀！妳以爲妳長得漂亮，自以爲黑摩組之花，我告訴妳，安迪這人我了解得很，他是個喜新厭舊的人，妳在他心中就跟雞肋沒有分別，他早已暗中物色新的美女要取代妳的位置呢！」

「你這三流作家想挑撥離間啊！」莫小非坐在那「馬車」上，氣呼呼地回罵：「安迪才不是這種人呢！」

「妳不信我也沒辦法。」夜路繼續說：「喂，還有妳，阿君，妳這個變態女人，不要再繼續糾纏我了好嗎？我知道我才貌兼備、文武雙全，妳想要我的簽名的話，附上回郵信封寄給協會啊……」

「協會台北分部已經被我們打下來啦，沒人收信呢。」邵君哈哈一笑：「你待會直接簽給我好了。」

「簽妳個大頭，妳要簽名是吧，我等會簽在妳旁邊那個矮子身上好了！」夜路見邵君和莫小非都不受他挑撥，便將矛頭放在鴉片身上，說：「矮子，你怎麼長得跟流氓一樣，莫非你真是個流氓？不要說我沒提醒你，安迪淘汰小非之後，第二個就淘汰你，為什麼呢？因為我懂他，他討厭笨的人，你跟小非的智商加起來，只比貴賓狗高一點，你呀……」

「……」鴉片握了握拳頭，他脾氣暴躁，也不擅與人口舌爭辯，此時聽了夜路冷嘲熱諷，扠著腰停下腳步，四處張望，像是想確定夜路究竟從哪兒偷看他們。

他哼了一聲，腳下堆起堆怪異電視，那些電視型號、年代、大小都不相同。此時他們雖然身處穆婆婆雜貨店結界，但外頭的宋醫生將黑夢之力源源不絕地送入雜貨店供他們使用。

所有電視都閃爍著同樣的畫面——

一間石室中央擺著一張石床，石床上躺著一個人。

那人全身瘀腫，四肢和胸肋嚴重骨折，穿出皮肉的斷骨超過二十處，有批怪異傢伙圍在他身邊，手忙腳亂地治療他身上傷勢。

那人是賀大雷。

「你廢話眞多，要不要跟你長官講幾句話？」鴉片冷冷地掏出手機，按著號碼。

夜路本來還有滿腹酸語要說，但一認出石床上那高大壯漢是賀大雷，一下子只能瞪大眼睛，什麼也說不出來。

一旁盧奕翰重重一拳打在牆上，咬牙切齒，頭頸青筋畢露。賀大雷在協會裡是他的直屬主管，也是他的格鬥教練兼除魔師考試主考官。

賀大雷身邊的怪傢伙們接到了鴉片的電話，恭恭敬敬地照著他的吩咐，將話筒拿到賀大雷耳邊。

賀大雷面無表情，直勾勾地望著天花板，任由那些人粗魯地在他各處斷骨抹上奇異膏藥，推回肉裡、扳正位置，也不吭一聲。

「咦，你們不是話很多嗎？」莫小非歪著頭，張著手掌攏至耳後，像是在等夜路說話，等了幾秒，無人應答，便哈哈大笑起來。「怎麼一下子安靜啦？」

「三流作家，快爲你剛剛說的話道歉，不然我就叫鴉片把賀大雷全身骨頭再打斷一輪喔！」莫小非得意洋洋地說：「說：『對不起，小非大人，我錯了！』快說！」

「作家……是夜路？跟奕翰……」電視畫面那頭，賀大雷似乎也從怪傢伙遞在他耳朵旁的話筒，聽見莫小非的聲音。他說：「他們……拿我威脅你們？」

「喲，說話啦？」鴉片咦了一聲，嘿嘿笑地說：「眞是難得聽你開口說話。」

「賀大雷，原來你還能說話，我以爲鴉片把你打啞啦！」莫小非笑著大聲應答：「你們協會竟然派出這幾個白痴，妄想能擋下我們，眞是不自量力……」

「別理會他們的威脅……不管他們要你們做什麼事，我的處境……也不會有任何改變……這一點，你們心知肚明。」賀大雷緩緩地說：「記住……自始至終，堅定自己的意志。」

「誰說的，你的處境當然會不一樣，本來你每天骨頭要被鴉片打斷五次，之後他可以打斷十次！」莫小非說。

「我沒那麼閒……」鴉片聳聳肩。「不過我可以請人代勞。」

圍在賀大雷周圍的怪傢伙們，收到了鴉片的指示，一時間腦袋像是有些混亂，他們有的拿起身邊器具，開始往賀大雷壯碩但破爛不堪的身體敲砸起來，敲得嚴重了，便放下工具替他治療。

賀大雷閉起眼睛，一句話也不說，任憑那些傢伙同時破壞且治療著他。

「哇，眞不愧是硬漢啊！」莫小非誇張地尖叫：「臭作家，說話呀——」

「乾脆借給我好了。」邵君舔著舌頭，說：「我試過很多傢伙，不論是晝之光還是協會的人，至今還沒碰過不會哭的，我有很多方法……」

「鴉片！」盧奕翰搶過夜路手上的電話筒，恨恨地說：「我現在下去，你有本事跟我打，你——」

盧奕翰和夜路面前的小窗陡然關上，電話也突然斷訊。

他倆一愣，轉過身來。

青蘋捂著嘴，讓那電視畫面嚇得煞白了臉；孫大海扠著手，臉色鐵青；穆婆婆神情肅穆，淡然地說：「我讓你們向他們喊話，是想挫挫他們銳氣，沒想到被反將一軍呀……」

「婆婆……讓我去跟他們拚了……」盧奕翰握著拳頭，一副豁出去的模樣，他還沒說完，突然感到一股巨大魄質透牆漫來。

跟著是轟隆隆幾聲巨響，自一旁壁面發出，那牆面陡然隆起一大塊，像是有人在另一面重重打了一拳。

「臭老太婆，被我找到啦，看我宰了你們——」硯天希的怒吼自牆後發出。

穆婆婆等嚇了一跳，退開老遠，只聽見牆後發出一陣爭吵聲，像是夏又離正試著阻止硯天希。

「唉！麻煩透頂……」穆婆婆嘆了口氣搖搖頭，拿著竹掃把往地上一劃，眾人腳邊出現一個通道，孫大海立時吆喝起來：「走走走，大家快走，我們腹背受敵，又要打黑摩組、又要躲小狐魔，真是……」他將青蘋和夜路都趕進通道，見盧奕翰還握著拳頭，連忙上前拉著他，說：「你想打，也不差這幾分鐘啦，等會兒他們逼近古井，你們終究會碰頭的，動手之前，先想想作戰計畫吧。」

盧奕翰聽孫大海這麼說，這才紅著眼低下頭，遁入那向下通道，穆婆婆和孫大海領著小八和英武也跟入通道，通道旋即閉闔，恢復成地板模樣。

那隆起的壁面轟隆隆又受到幾下撞擊，終於炸裂破開，硯天希倏地衝入這房間，背上還拖著夏又離。

「天希，別鬧了！他們……他們來啦——」夏又離手腳亂扒，沿路扒抓牆角梁柱，盡力阻止硯天希躁動亂跑，但硯天希的力量遠遠大他太多，他的奮力抵擋完全無濟於事，只能連連大喊：「安迪他們來了、黑夢來了！」

「什麼安迪、什麼黑夢！」硯天希氣憤地說：「你閉嘴行不行？你吵得我頭好痛，好痛啊……」她說到這裡，憤怒一吼，正要繼續尋找穆婆婆，突然感到眼前倏地一片墨黑灑開——

一具高大骷髏閃現在她面前，抱住了她。

這墨黑色的高大骷髏，是墨繪術裡的力骨咒。

夏又離畫咒讓力骨依附在自己身上，但他與硯天希背貼著背，這力骨便扭曲地與硯天希正面相抱在一塊兒。

「哪來的噁心東西！」硯天希哇哇大叫：「啊，這不是我的墨繪術嗎？臭小子，你又偷用我的墨繪術，還拿來對付我，還用得這樣不倫不類！」她這麼說著，卻被施展力骨咒的夏又離拖著不停往後退。

「力骨就是這樣用啊，不然還能怎麼用？」夏又離這麼說，想藉力骨咒的力量將硯天希盡量拖遠點，離穆婆婆越遠越好，但他只奔出幾步，眼前也陡然一黑，一具更爲巨大的墨黑骷髏迎面抱來，原來是硯天希也使出了力骨。

此時兩人背貼著背，面前各都抱著一具巨大黑色骷髏，彼此僵持不下，模樣十分怪異。

「天希，撤掉力骨，我沒辦法呼吸了……」夏又離被那力骨抱得透不過氣，硯天希初煉成的魔體雖遠較夏又離肉身強韌，但她與夏又離感官相連，此時也覺得窒悶難耐，只好說：「你先撤，我才撤！」

「不行，要是我先撤力骨，妳不撤怎麼辦？」

「我不用這黑骷髏就能拖著你跑了！」

兩人又僵持了一會兒，才同時撤去力骨，夏又離才剛伸手撫了撫被力骨骷髏抱得發疼的胸口和頸子，腰際便捱了硯天希一肘。

兩人同時哀號一聲。

「妳爲什麼動手打我？」夏又離斥問。

「誰教你不停偷我法術！」硯天希大聲抱怨，她記得兩人五感相連，出肘時已留情許多，但還是痛極了。「臭小子，你的身子怎麼這麼軟弱，輕輕一頂都痛得要命……」

「妳是魔，我是人，我們的身體本來就不一樣……」夏又離無奈地說，突然掀開雨衣，在懷中口袋掏摸出幾枚回魂羅勒葉片，反手往後遞去。「這是奕翰給我的回魂羅勒，據說可以抵抗黑夢，放在嘴裡嚼，像吃口香糖那樣……」

「什麼鬼東西，臭死了，拿開！我不吃！」硯天希連連撇頭，但見夏又離兩隻手都抓著葉子左右逼來，氣得她在夏又離手上咬了一口，又痛得立時鬆口。

「啊呀！」夏又離抽回手，望著右手掌緣那排滲血齒痕，莫可奈何，只好將數枚回魂羅勒放入口中，自己嚼了起來。

「什麼味道，好討厭，你在吃什麼！」硯天希感到口中發出一陣激烈嗆鼻的大蒜和九層塔氣味，呸呸地連連吐起口水，焦躁地想反手去打夏又離，但又怕打疼自己，一時之間不知如何是好。「臭小子，你爲何一直捉弄我？你……」

她還沒說完，眼前陡然又閃現出那墨黑骷髏，是夏又離二度使出力骨。

「混蛋，你好奸詐，你……」硯天希啊呀一聲，只感到夏又離雙手反探過來，一手按著她的腦袋，一手掐著她的下巴，將她腦袋往後一扳。

夏又離同時也將腦袋往後躺去，且藉力骨之力，硬是將硯天希嘴巴掐開，將嘴巴湊了上去。

「唔——」硯天希猛然一驚，同時感到一個軟溜溜的東西，混著爛葉汁液，滾進了她嘴裡，是夏又離用舌頭將嚼爛了的回魂羅勒，一口氣推進了硯天希嘴裡。

硯天希本能地想要扭頭，甚至想咬夏又離的舌頭，但夏又離身上附著力骨，力量驚人，掐著硯天希嘴巴讓她無法閉闔，再加上硯天希利齒剛扎著夏又離舌頭，自己的舌頭也刺痛起來。

她只好翻掌畫咒，一陣符籙光芒在她胳臂閃爍起來，使她一雙前臂變得巨大粗壯、拳頭和籃球差不多大小——

這是墨繪的破山咒。

硯天希揮動破山胳臂倏地往夏又離腦袋搥去，卻與前次一樣，在夏又離腦袋前一兩吋處停下。

夏又離鬆開口，見到一雙大拳頭停在他臉上，嚇了一跳，但還是沒撤下力骨，仍扳著硯天希的腦袋，說：「怎麼沒打下來？」

「打你我也會痛吶，你以爲我心疼你這條小命？」硯天希微微喘著氣，焦惱地說：「臭小子，你到底想做什麼？」

「我這條小命被妳打飛，也好過被黑摩組逮到，求生不得求死不能……」夏又離嘆了口氣，說：「我如果死了，妳就稱心如意啦，終於可以離開我這臭身體了，沒我這累贅，妳一個人說不定反而能活下去……」

他說完，又將嘴湊了上去。

□

「哇，到處都是門，這怎麼找啊？」莫小非自「馬車」上站起，探頭望著前方和左右那亂七八糟的岔路，每條廊道都蜿蜒深長，且有大大小小的門。

「我們小看那老太婆了……」邵君來到圍牆邊緣，從牆邊往下望，底下依舊是那簡單雅緻的小中庭，然而周圍建築卻十分複雜，二樓以上到處都有往上或是往下的樓梯和四通八達的廊道。

「讓黑夢帶路吧。」安迪扠著手，閉起眼睛。「你們也試試，把黑夢當成自己的手和腳，不停往前延伸，可以一口氣找很多地方——」

「嗯？」莫小非照著安迪的話，閉起眼睛，讓自己的影子循著黑夢力量四面八方擴散延伸，果真如安迪所說，黑夢彷彿變成了她的感應天線，她不必推開前方那百扇門，便逐漸察覺房裡有無活物。「真的耶，那安迪你剛剛怎麼不用這招瞬間找出那臭作家？」

「人會跑，井不行。」安迪說：「我們的目標是那口井，那口古井是這個結界的力量來源，找到古井，就能切斷這個結界的『電力』。」

「嗯，有力量在干擾呢。」邵君用著同樣方法，任腳下黑夢範圍逐漸擴大，甚至翻過圍牆，往上下樓層搜尋起來。

「對。」安迪說：「結界主人能夠操縱古井魄質抵抗我們的黑夢，但他們之中，應該只有她有這本事，我們五個分頭找，很快就能找到古井。」

「四個才對，宋醫生在外面納涼呢。」莫小非哼哼地說。

「我鎖定幾個地方了。」宋醫生的聲音隨著安迪腳邊豎起的擴音器發出。

「宋醫生在外頭，一樣能夠操縱黑夢。」安迪淡淡笑著說：「雖然我們都擁有黑夢第九道鎖的權限，但他指揮黑夢的功夫，比你們高明許多。」

「好啦、好啦，他最用功了，他是乖寶寶。」莫小非打哈哈，他們五人中，安迪與宋醫生對黑夢鑽研較深，且會與艾莫、麗塔規劃整座巨城發展方向。邵君和莫小非偏愛使用黑夢控制心智的力量，將活人洗腦，命令他們做出平時不會做出的舉動來取悅自己；鴉片甚至連控制心智的力量都不常使用，比起直接洗腦控制一個人，他更愛使用暴力威逼。

「古井魄質從地底發出，那口井當然在地面，但在結界裡的空間概念跟眞實世界不同。」宋醫生像是老師上課般解釋著：「我發現幾個地方有特別強大的力量擋著，黑夢一時無法穿過，我想可能是通往古井的通道，你們用蠻力應該能夠突破。」

宋醫生這麼說，莫小非等人腳下黑夢區域豎起三隻骷髏人手，那些骷髏人手伸出食指骨頭，分別指向不同廊道。

「這三條路其中一條通往古井？」邵君這麼問。

「可能是。」宋醫生解釋：「我說的路，未必是『路』，而是我靠著黑夢探測出的可能方向，沿途你們得用蠻力強行突破一些死路，甚至會碰上陷阱。」

「麻煩，怎麼不直接拆了這個結界？」鴉片有些不耐。「安迪，我記得你們準備了其他備案，不是嗎？」

「既然是備案，就是備而不用。」安迪笑了笑，說：「我希望大家進一步熟練黑夢的力量。」

「我先走一步囉。」莫小非踩著腳下影魅和謝老大那馬車，領著一票手下，循著其中一隻人骨胳臂指的方向飛快竄去。

「我找另一路，第三路交給你們了。」安迪笑著對邵君和鴉片說完，便領著自己那批人轉入另一條廊道。

「別這麼掃興嘛。」邵君見鴉片一臉不悅，嘻嘻地說：「你不想玩，留在這裡也行，不過事後可別跟我們討戰利品喲，交換倒是可以，嘻嘻。」

黑摩組五人其中一個共識，是在個人行動中搶得的戰利品，除了事先約定好的東西之外，都歸自己所有。

「嘖……」鴉片一心想籌組一支格鬥衛隊，他心目中的名單除了賀大雷以外，盧奕翰也名列其中，這一點莫小非、邵君等也心知肚明，要是讓她們搶先擄得盧奕翰，屆時開出的交換價碼肯定不低——倘若是以物易物之類的條件也罷，偏偏莫小非和邵君鬼點子多得很，莫小非或許會想要借他那支格鬥隊來玩些古怪遊戲，例如編一支舞來幫她慶生；邵君則是覬覦他隊伍中包括賀大雷在內的幾名壯碩猛男已久，他雖然一點也不心疼那些傢伙被邵君借去玩樂時的處境，但自己的私人衛隊任人戲耍甚至當成洩慾玩具，總是有種說不出的彆扭。

他焦躁地捏著拳頭，跟在邵君身後，不時往身邊牆壁搥上一兩拳。

□

穆婆婆領著眾人推開廊道盡頭一扇門，踏入她的臥房。

臥房裡老舊木床旁那座老舊電風扇還喀啦啦地轉動著、老舊的桌椅上擺著老相本，另一端的後門透出日落前的夕陽光芒，風一吹，窗旁風鈴叮叮噹噹地響起。

後門外庭院裡那古井大樹，樹身上披滿了大大小小的黃金葛葉片，一旁百寶樹也長兩公尺高，茂盛的枝葉上掛著各式各樣的大小果子。

一行人穿過穆婆婆睡房，進入庭院。

古井樹下立起一張木桌，圍著幾張板凳，桌上擺著一大壺涼茶、多種冷飲和零食，像是成了一處臨時的作戰指揮部。

眾人身邊倏地立起好幾面磚牆，磚牆上嵌著大大小小的木窗，小八等湊近那些窗邊，能夠見到外頭黑摩組三路人馬的一舉一動。

「哎呀，婆婆，他們離妳的房間越來越近了，快放籠子關著他們呀……」小八呱呱亂叫。

儘管穆婆婆能夠隨意操控變化這雜貨店結界裡的空間結構，卻無法改變古井的位置，因此結界裡百條廊道千間房如何千變萬化，也得以古井爲中心向外擴張或者內縮，黑摩組等人使用黑夢的力量探索古井大致方位，走到死路便破壁強行，碰到深溝便以黑夢鋪橋造路，只要他們行進的速度快過結界擴大的速度，便能逐漸逼近古井。

「別吵！安娜還沒發動針陣，現在放出籠子，只會嚇跑他們。」穆婆婆隨手倒了杯涼茶喝下，拿著竹掃把焦躁地在數面磚牆前走走停停，一會兒伸手按牆、一會兒以竹掃把柄敲地，偶爾斥罵幾句：「這些傢伙鼻子真靈，老太婆造出幾扇門也騙不了他們，他們聞得出這古井的味兒……」

「不好，那兩個傢伙要來了。」穆婆婆皺了皺眉，站定腳步對夜路和奕翰說：「你們兩個，去給老太婆拖拖時間。」

盧奕翰和夜路呆了呆，只見身旁磚牆倏地現出一扇木門。

「別硬碰硬，打打游擊，將他們引遠點，老太婆會看著你們。」穆婆婆這麼說。

盧奕翰和夜路相視一眼，硬著頭皮推開木門走出，外頭是一條昏暗曲折的廊道。

「往左邊走，他們在下面。」穆婆婆這麼說。

「是……」盧奕翰和夜路應了一聲，關上木門，小庭院的美麗夕陽光芒消失無蹤，他們按照穆婆婆的指示，轉入廊道左側，來到一處樓梯間。那樓梯間相當寬闊，像是大型建築的消防通道，他們在樓梯處往下望，只聽見邵君和鴉片的說話聲。

盧奕翰正要往下，卻被夜路一把拉住，指了指底下某處牆角，只見那牆角出現焦斑，焦斑迅速擴大，還滲出一道道血水。

兩人知道那是黑夢力量侵蝕了穆婆婆結界後的現象，連忙後退幾步，從口袋中取出備用的回魂羅勒塞入嘴巴嚼起。

「婆婆要你們別下樓，把他們引進來！」小八從樓梯間的通風口鑽出，飛身鑽入盧奕翰和夜路沿路走來的那條廊道中。

兩人跟在小八身後，只見原本的廊道模樣竟變成了一間客廳，裡面有桌、有櫃、有整排藤椅和全套老式家電，看來就像是尋常鄉間透天人家的客廳。

那客廳有好幾扇門，門後通往各式各樣的房間，有擺著書桌的學生房、有掛著紅紗的新婚夫婦房、有竹床藤椅的老人房，甚至還有廚房、浴廁、餐廳等居家空間——與一般居家空間不同的地方，在於這些大小房間裡，都有著超過三扇以上的門。

每一間房間都通往不同房間，像是一處寬闊的居家大迷宮般。

「跟在我屁股後面幹嘛？」小八回頭，對著夜路和盧奕翰嚷嚷。「引他們進來跟我們玩鬼抓人，好久都沒人跟我玩鬼抓人了，小八好興奮啊！」

「呃……」夜路只好又回頭走近那逃生梯間門口，腳還沒跨出去，便從樓梯扶手欄杆的縫隙處，見到往上走來的邵君。

邵君也同時見到了夜路，喲了一聲，對他挑挑眉，拋了個媚笑。「在這呀。」

「是啊！」夜路打了個冷顫，連滾帶爬地退開老遠，但仍扯著喉嚨朝樓梯間入口喊：「老子等著揍妳呢，我身體裡的神貓、魔犬早已迫不及待要把妳大卸八塊啦！」

「真的嗎？我好期待。」邵君的聲音這麼回應。

漆黑的黴斑自樓梯間入口爬進客廳，夜路急忙後退，卻覺得雙腿逐漸變重，彷如給捆上層層鉛塊般動彈不得，他回頭，只見邵君已經踏入客廳，扠著腰，從頭到腳打量著他。

「你最近小說寫得如何？靈感夠用嗎？」邵君嘻嘻笑地說：「我提供你一些有趣點子如何？」

「多……多謝妳的好意！」夜路仍然寸步難行，這才知道在他與邵君視線交加的瞬間，就被邵君操使黑夢力量影響了心神，若非口中塞著大量回魂羅勒，說不定已經咬腕自殘了。他急急嚷著：「不過我現在不寫武俠了，市場太小，我改寫愛情故事……妳那些創意恐怕派不上用場，眞是遺憾……妳請別人寫好了，我記得你們那票嘍囉裡面有個寫作奇才，叫什麼……狂筆什麼鬼東西的，他還有個畫漫畫的夥伴……」

「愛情故事也需要床戲滋潤啊。」邵君笑了笑，緩緩往前走。「很久以前，我還挺愛看那些言情小說呢。」

「我……我寫的是純愛系列，就算眞要寫床戲，也只能寫符合多數人類尺度的床戲，妳腦袋裡那種床戲沒有出版社敢出啦！」夜路連連搖手。

「跟她講那麼多廢話幹嘛？」盧奕翰衝上前來，將一把回魂羅勒摀住夜路口鼻，架著他往後退。

「啊呀，帥哥，你也在呀。」邵君見了盧奕翰，嘿嘿一笑，正想轉頭喊鴉片，便見到鴉片也跟入這間客廳，她說：「還眞剛好，一人一個，不用分囉。」

鴉片哼了哼，喀啦啦地拗起手指。

「咦！」盧奕翰架著夜路後退幾步，突然覺得自己的雙腳也逐漸沉重起來，他咬牙奮力抬腳，只覺得此時雙腿負重，遠遠超過協會大樓附設健身房裡任何一台重量訓練機器。

他倆腳邊地板閃現幾道流光，流光爬上他們的雙足，同時，頭頂落下兩頂大斗笠戴上他們腦袋，他們覺得雙腿一輕，又能走了。

他們見到邵君和鴉片腳下快速擴散的黑色範圍，被地板亮起的光芒擋著，彼此互相抗衡起來。

「混蛋，見識到穆婆婆結界的厲害了吧！」夜路推著盧奕翰進入後方房間，還不忘回頭對著邵君和鴉片罵上兩句：「今天我非得打斷你們這些傢伙的狗腿不可……」

鴉片彷如獵豹一般，幾步奔近夜路身前，一拳往夜路臉上打去。

鬃獅魔的腦袋倏地自夜路胸口探出，一口啣住了鴉片拳頭。

「喝——」鴉片瞪大眼睛，像是想和鬃獅魔比拚力氣般，不但沒有抽手，反而將拳頭往前壓。

「吼！」鬃獅魔喉間發出陣陣沉吼，嘴巴咬得更緊。他一顆大腦袋毛髮飄動，雄渾魔氣自鼻孔和嘴巴溢出，兩隻耳朵緩緩伸長——這是鬃獅魔使出全力的模樣。

「好樣的，阿君，這隻狗眞不錯！我以爲妳眼光變差了，原來是看上這隻狗！」鴉片悶吭幾聲，鼓足了全力將拳頭繃得如同堅岩，卻仍覺得鬃獅魔那力大無窮的嘴巴幾乎要咬碎了他的拳頭。

「狗是很好，但他人也不錯。」邵君扠著腰跟在後頭看好戲，說：「我得提醒你，你逮你要的人就好，別打壞我要的人呀。」

「哼哼……」鴉片只憑蠻力，一時間竟與鬆獅魔僵持不下，便舉起左手，捏拳往鬆獅魔臉上掄去，被一旁的盧奕翰抬臂擋下。

盧奕翰已經用上了鐵身術，卻仍覺得接著鴉片拳頭的右手像是捱了一記砲擊般，又痛又麻。

鴉片被盧奕翰接著拳頭的當下，便抬腳踢往盧奕翰小腹。

盧奕翰也像是早有準備地搶先一步讓腰腹也化爲鋼鐵，硬捱下這一腳，且還回蹬一腳。

接下來幾秒，鴉片在雙手受制的情況下，磅磅磅地與盧奕翰對起腳來，兩人你一腳我一腳地狂踢對方下盤。

盧奕翰咬牙死撐，只感到鴉片雖不會這鐵身術，但拳腳力量，甚至是骨肉強度，可不在自己的鐵身之下。

「哼哼，是我小看你們了？」鴉片急躁起來，他見一時間逼不退盧奕翰，同時被鬆獅魔咬著的拳頭逐漸發疼；儘管他無懼疼痛，但知道鬆獅魔若再不鬆口，可真要咬碎他的拳頭了。

鴉片吸了口氣，準備摘下戒指，催動指魔之力。

但他隨即發現，自己的右拳讓鬆獅魔緊緊咬著，動彈不得；而左手也讓盧奕翰一雙鐵手牢牢扣著，盧奕翰還緊緊握住他的拇指，使他無法以拇指推下戒指。

「你們以為不讓我摘戒指，我就拿你們沒辦法了嗎？」鴉片瞪大眼睛，頭頸青筋暴露，雙臂鼓足了全力，竟將盧奕翰和夜路緩緩舉起，按著他們要往牆壁撞。

「混蛋，你眼裡只有鬆獅魔跟奕翰，忘了你的對手是我嗎！」夜路大喝一聲，舉手對準了鴉片腦袋，掌心探出老貓有財。

「是我才對！吃我一記迷魂爆！」有財舉直了貓爪，對準鴉片臉面擊出一發混雜著濃密貓毛的煙塵爆炸。

有財這記迷魂爆彷如催淚瓦斯般嗆辣刺鼻，但鴉片只是頓了頓，竟連眼睛都沒眨一下，他面對這類偷襲符術、暗器，向來習慣以肉體硬扛，以彰顯自己那身千錘百鍊的強悍肉體。

反倒是盧奕翰和夜路被有財迷魂溢散開的煙霧熏得連連嗆咳，流淚不止。

「還有我，看我的厲害！」小八不知何時竄到盧奕翰和夜路之間，挺起屁股，對準了鴉片的臉面，噗哧炸出一泡褐黃稀屎。

鴉片一貫地連眼睛都不眨一下。

不避也不閃。

然後他隨即發現，這隻古怪八哥灑在他頭臉上的東西，對他分毫無傷，卻發出濃郁惡臭，這才意識到小八這攻擊甚至稱不上是攻擊，只是奇臭無比的大便。

「你們——」鴉片發怒大吼，壓著盧奕翰和夜路往前疾奔，按著他們往牆撞去，卻覺得像是撞進了棉花堆中；他甩了甩臉，甩落臉上部分稀屎，只見自己兩隻手插在牆壁裡，盧奕翰和夜路連同小八卻一齊消失無蹤。

他氣急敗壞地一腳蹬破眼前嵌著他雙手的牆，只見後頭又是一間古怪房間，盧奕翰和夜路正背對著他，跑進對面另一扇門裡。

夜路突然又探出頭來，朝鴉片迎面扔來一卷衛生紙，大罵：「混蛋，臭死了，偷吃東西不擦嘴，有沒有禮貌啊！幹！」

鴉片摘下兩枚戒指，渾身炸出黑氣，追了上去。

10針陣發動

「鴉片和邵君沒有按照我的指示前進，他們……」宋醫生雙手交扠在胸前，座下連同高腳椅和身前小桌周圍，旋動著一股股奇異氣流，那些氣流一路延伸至穆婆婆雜貨店內。他操縱著黑夢力量深入穆婆婆結界，尋找古井位置、替四人探路，同時向安迪報告即時情況。

「隨他們去吧……」安迪這麼回答。

「安迪，雖然我不覺得我們需要透過硬性規定來約束彼此的行動，但……」宋醫生挪了挪坐姿，像是對鴉片和邵君的自作主張感到些許不耐。「太過隨性，也不是好事，畢竟這是戰爭。」

「我完全同意你的看法。」安迪回答：「慢慢來吧，你優先替我帶路好了。」

「好……」宋醫生點點頭，吸了口氣，又專注地操縱著黑夢力量摸索半晌，說：「我大概知道位置了，你可以選擇兩條路，一是繞回原路走另一扇門，二是面向七點鐘方向，擊破眼前的欄阻物，以及後面欄阻你的任何東西——我發現他們結界一切力量的來源，都從那個地方發出。」

「看不出安迪是個這麼小心翼翼的人。」清亮的說話聲從對面傳來。

宋醫生睜開了眼睛。

在距離他十數公尺的前方，是穆婆婆雜貨店二樓屋頂。

安娜長髮飄揚，站在屋頂高處，還單手抱著一頂全罩式安全帽。

「……」宋醫生沒說什麼，也沒有任何動作，只是望著安娜雙眼。

「哎喲，你正在對我使用黑夢嗎？」安娜連忙戴上那全罩式安全帽。

這安全帽內襯縫著回魂羅勒葉片和各種防禦符咒，外側也畫滿符籙，且綁著幾支「針」，這是個小型的阿彌爺爺針陣，能防止黑夢操控心智。

「一頭長髮，漆黑緊身衣。」宋醫生面無表情地說。「我知道妳，長髮安娜。」

「原來我名氣這麼響亮。」安娜嘿嘿地笑，攤攤手：「沒辦法，這次收了協會的錢，替他們辦事，下一次有緣，或許可以合作，你們千萬別記仇喲。」

「我明白。」宋醫生說：「我只是好奇，妳想靠那頂安全帽單槍匹馬對付黑夢？我相信妳的情蒐能力，不至於低估我們的力量才對。」

「我哪敢低估你們的力量。」安娜笑著說：「現在黑摩組的名氣，比畫之光、四指、協會大多了，我們這兒的人爲了應付今晚，可是做足了準備。」

「妳口中的做足準備……就是一種低估。」宋醫生這麼說：「你們應該知道，任何準備都無濟於事，這才是事實。」

「我知道。」安娜嘆著氣說：「只是這結界主人年紀大了，無牽無掛，只掛念她店裡那口古井，那是她老情人葬身之處，老人家固執起來，什麼都有可能發生。」

「那我們只好成全她老人家了。」宋醫生點點頭，伸手按上圓桌。

雜貨店前方道路竄起一條巨大胳臂，那胳臂和公車一般粗，張開大手，往安娜抓去。

安娜輕盈躍起，避開大手撲抓的同時，還甩動露在安全帽沿外的長髮捲住了那巨手小指，藉著巨手揮動力道，盪到斜方一棟黑夢怪樓那凸起的雨遮上，從大腿外側暗袋中，取出一支寶特瓶大小的手工沖天炮。

她跟著取出的，不是打火機也不是火柴，而是一張符，她捏著那張符輕輕一抖，抖出一團青藍色火焰。

她以青色符火點燃那大沖天炮，將沖天炮直直朝天上一拋。

咻的一聲，沖天炮疾竄上空，在詭譎夜色中炸出漫天彩光。

數秒之後，那千萬光點並未隨風消散，而是變得更加明亮，流星雨般灑落下來。這陣煙花彩雨灑落在圍繞穆婆婆雜貨店的黑夢怪樓建築上，發出一陣啪吱啪吱的火花碎響，然後才漸漸黯淡消失。

宋醫生微微仰頭看著這短暫變化過程，跟著望向攀在黑夢樓宇邊際的安娜，說：「很漂亮的火花，不過現在才搬救兵?太晚了吧。」

「也不算晚。」安娜笑了笑，跟著把視線放遠。

四周黑夢怪樓微弱地震動起來，像是發生了輕微的地震。

宋醫生察覺出異狀，步下高腳椅，來到樓沿望著四周怪樓。

僅這麼短暫的瞬間，原本的輕微地震變成了天崩地裂的劇震，四周黑夢怪樓壁面轟隆隆地崩出巨大裂痕，裂痕中射出一道道青光。

本來還緩緩逐漸長高的怪樓群開始傾垮倒塌，一連倒出數條街，空出一塊以穆婆婆雜貨店爲中心，約莫兩、三個街區的空曠範圍——說是空曠，也只是與更外圍的黑夢高樓相較，這「空曠區域」中的怪樓建築體傾垮後化成了煙塵，恢復成原本的矮樓市街模樣。

宋醫生詫異地輕拍身旁公寓壁面，踩著自牆面伸出的異手，一路奔上公寓頂樓，且在頂樓樓面招出更大的手，將自己的身子倏地托高了十數公尺。

他居高臨下，四處張望，只見以穆婆婆雜貨店爲中心的幾條街，出現了一圈不屬於黑夢效力的奇異光亮。

那些光亮有些來自於公寓頂樓一條條棉線上懸掛的「針」，有些是爬蔓在公寓壁面上的黃金葛莖藤。

阿彌爺爺發動了針陣。

「各位朋友平安嗎？回報你們的狀況。」安娜落到一處公寓頂樓加蓋的鐵皮屋頂上摘下安全帽，拿著一支過時的老人手機與埋伏在周遭巷弄裡的鬼夥伴們聯繫。那支老人手機上閃耀著奇異符光，是協會提供的特殊手機，訊號能穿透各種結界，也能依照需求訂製各種功能，包括能夠同時與多處連線。

「安娜姊，我們沒事！妳的結界好厲害，黑夢完全影響不了我們！」桐兒等三姊妹，以及矮仔鬼、高腳鬼們在公寓頂樓鴿舍裡回報。

跟著，七巷的小王、三街的阿狗、張媽媽陽台盆栽裡的白花等埋伏在穆婆婆雜貨店周遭巷弄各處的老鬼、小鬼們，也紛紛回報平安，這段時日他們在安娜指揮下，每日演練臨戰時的行動。

不久之前，當他們收到了更外圍的長髮娃娃眼線們的警示後，便紛紛躲入安娜事先造出的避難空間——那是一些獨立的針陣結界，即便黑夢壓境，覆蓋住那些針陣空間，在上方築起各種古怪增生建築，桐兒等小鬼老鬼們躲在這獨立針陣空間裡，也不受黑夢影響。他們一面咬著回魂羅勒和防禦符籙，一面拉著符術棉線待命，一收到安娜的煙花號令，立時照事前演練，在阿彌爺爺統一帶領下發動針陣。

「阿彌爺爺，你那邊情況如何？」安娜連問三次，這才聽見阿彌爺爺那頭傳來回應。

「妳是誰啊？夜路呢？讓夜路來跟我講話——」阿彌爺爺的聲音聽來興奮不已。

「那些傢伙來啦？讓我出去揍他們！這房門鎖怎麼壞啦？怎麼打不開？妳是誰呀？」

「安娜姊，我們這裡沒事，只是阿彌爺爺有點……興奮過頭了，他想出去和他們——應該是我的前主人們動手呀。」妖車扯著喉嚨回報。

阿彌爺爺也算是這針陣的最初研發者，比其他老鬼小鬼們更懂得指揮針陣，因此安娜也安排了個總指揮的職務給他，讓他待在妖車車廂裡掌控整個針陣。

阿彌爺爺雖然時常昏癲忘事，但對這針陣種種細節可不含糊。夜路和盧奕翰撥了個空檔，將妖車車廂內布置成以往圖書館結界裡一處書房模樣，讓妖車停在穆婆婆結界的臨時車庫裡。阿彌爺爺也打起十二分精神，思緒彷彿又回到圖書館備戰時期——此時一等到安娜號令，立刻像個衝鋒將軍般，指揮著老鬼、小鬼們協力發動針陣，且還捧著自己那堆能變化出紙獸的厚書，想要親自出戰、拳打黑摩組。

「別讓他下車。」安娜這麼吩咐妖車。「就說各處老朋友需要他指揮。」

「妳做了什麼……」宋醫生望著另一棟公寓頂樓上的安娜。

「我切斷了黑夢。」安娜大聲應答：「你們仗著黑夢橫行霸道，現在風水輪流轉，讓你們領教一下穆婆婆結界的厲害吧。」

「……」宋醫生皺起眉頭，撤去那大手，落在公寓樓頂，低頭望望腳下、望望四周，此時他已無法使用黑夢力量與雜貨店裡的安迪等人聯繫。

跟著，他踩上公寓樓頂牆沿，四顧張望，見到數條街外的黑夢高樓依舊高聳駭人，總算明白安娜所謂切斷黑夢，指的是在雜貨店周遭圍起一圈「牆」，將南下的那條黑夢路徑隔絕在牆外，讓牆內的人無法使用黑夢力量。

「你現在要做的事情很簡單，就是撤退到遠一點的地方，重新指揮黑夢，想辦法攻進來。」安娜遠遠地提醒宋醫生。

「……」宋醫生吸了口氣，又招出巨手將自己托上高處，對著底下待命的數百名士兵吆喝幾聲，伸手依序指向數個方向——那幾個地方的針陣光芒特別耀眼，黃金葛莖藤也特別茂密，全是穆婆婆老友們駐紮待命處。

底下的黑摩組士兵們雙眼泛出腥光血色，兵分多路往那些地方前進。

「我想用自己的方法。」宋醫生沉沉地說：「直接拆了妳這道牆。」

「我不反對。」安娜笑著說：「不聽美人言，吃虧在眼前，你不能使用黑夢，怎麼拆我的牆？」

「拆不了牆，我就拆了妳。」宋醫生這麼說，指揮著腳下巨手往安娜佇身之處伸去，且摘下一枚戒指。

五隻長手自安娜腳下竄起，安娜縱身避開五手齊抓，急奔幾步踩著加蓋鐵皮屋頂邊緣飛跳老高，跳上另一處公寓樓頂。

一隻隻怪手在她面前地面竄出，她甩動長髮，捲上那些怪手，藉著怪手揮掃之勢，飛盪到更遠的地方。

「你有指魔之力，還不只一隻指魔，如果上擂台對打，我一秒鐘就會輸給你。」安娜用那時比鬥練拳時對盧奕翰說教的語氣，對宋醫生說：「但在這裡，你可能要花個一小時以上。」

比起正面對戰，安娜就像是個頂尖特務，更加擅長游擊偵察，她仗著俐落身手和那千變萬化的長髮術，在公寓樓頂連連竄走，閃避宋醫生那些異手。

她的力量與催動了指魔之力的宋醫生相距太遠，要正面擊敗宋醫生是萬不可能，但若只是想躲避宋醫生的狩獵追捕，倒並非做不到。

但宋醫生並非隻身一人。

三個漆黑身影逐漸跟上安娜。

他們雙眼閃爍著異光，左手無名指都瀰漫出妖煙——安迪等人帶來的這數百名士兵，大部分是如同阿四、凌子強那類以符法控制的流氓打手，也有以邪術煉出的凶靈惡鬼；這些惡鬼和打手們素質良莠不齊，稱不上強大戰力；但其中也有少部分士兵手下，是如同鬼虎、謝老大等那類原本的四指成員。

安娜被三名四指殺手團團包圍，揮動長髮應戰，四周竄出一條條異手協助四指殺手圍捕安娜，卻讓不知打哪兒冒出的一條條毒蛇纏上壓制。

毒蛇身上微微泛著螢光，尾端繫著極細的光絲，遠遠地連至另一棟公寓頂樓的鴿舍前。

郭曉春持著長柄十二手傘，領著化爲人形的白狗阿毛，及桐兒三姊妹，矮仔鬼、長腳鬼等，抵禦著從公寓四周壁面往上爬，企圖破壞針陣的打手惡鬼們。

她在安娜察覺黑夢入侵，與穆婆婆分兵行動的同時，便回到鴿舍待命，此時她雙手上那十二手傘上已經張開八把傘，後頭的阿毛還不停張開其他傘，往十二手鬼拋去。

「曉春，放膽大戰吧！」安娜在毒蛇群掩護下，飛身躍上水塔塔頂，甩髮擊落追撲上來的一個四指殺手，說：「在這麼空曠的地方，正是施展郭家護身傘的最佳場所。」

「是——」曉春應了一聲，持著長柄十二手傘緩緩地轉動揮掃，連同鶴傘在內十三把傘下那五彩絲線光風流水般地飛繞飄逸，將鴿舍樓頂映得如同演唱會舞台。

郭家十二護身傘裡的傘魔們全軍齊出，歌仔戲小生文生持著長劍，騎著傘魔笨馬守住鴿舍東邊；悟空掄著鐵棒，站在憨牛背上橫衝直撞，打翻西面牆沿試圖攀上來的餓鬼；豬仔頂著肸肚子和樹人一齊擋在北面；虎仔和熊仔守著南邊。

鳳凰傘裡的鳥軍們籠罩在安娜上方掩護、毒蛇傘裡的蛇海將安娜腳下的地竄動得如同海面，捲倒一隻隻異手。

自地板竄出數條龐大巨獸，露出地面的身子形似蜥蜴，後頭拖著的長體卻又如同巨蟒，且有大半截沉在地下，這是土龍傘裡的「土龍」；數條土龍高高揚起身子，纏捲擋下宋醫生招來襲擊安娜的巨手。

白鶴高高飛在郭曉春頭頂上方，四面八方飛射白羽。

「嘩——」桐兒、萍兒和梨兒三姊妹，直到這時才親眼見到郭曉春這家傳十二傘的浩蕩陣容，果眞如同郭曉春所說，十二傘彷如一支軍隊。

「哦……傳說中郭家一脈單傳的天才傘師？」宋醫生放緩了攻勢，目不轉睛地盯著郭曉春。他見郭曉春面貌青澀，像是尋常鄰家女孩，搖傘的模樣也有些青澀，但圍繞在她周邊那支傘魔大軍卻凶猛無匹。

傘魔的戰力雖與傘師無關，但越是強大的傘魔，越需要厲害的傘師才能控制。郭曉春一人竟能同時控制十三把傘，指揮一整支傘魔軍團井然有序地作戰，這樣的傘師全世界也絕難找出第二個。

「郭家阿滿師也來了嗎？」宋醫生左顧右盼，像是在留意郭曉春的爺爺阿滿師，是否也來蹚這渾水。

「你真的不去指揮黑夢？」安娜在郭曉春傘魔掩護下，擺脫那三名四指殺手的追擊，來到更高處公寓樓頂，指著遠處被擋在針陣之外，越堆越高的黑夢巨樓群，朝宋醫生喊：「你有四個夥伴在裡頭，等著你救命呢。」

「妳這麼希望我往外撤？」宋醫生冷冷地說：「妳終究畏懼我的力量，知道近身戰打不過我；又或是妳這道牆從外頭難破，但從裡頭卻容易拆？」

宋醫生這麼說的同時，只見四周除了有郭曉春持傘防守的鴿舍公寓頂樓據點之外，其他幾處針陣地帶的黃金葛藤葉和那些棉線長針，在數百名惡鬼打手們破壞之下，都逐漸毀壞。

被擋在外頭的黑夢又逐漸蠢蠢欲動，開始往雜貨店方向擠壓推進。

「繼續破壞——」宋醫生高聲下令。

「吼——」惡鬼打手們以聲聲嘶吼回應。

但那吼聲還未停歇，本來逐漸黯淡的針陣光芒，再次閃耀起來，位置與先前幾處據點卻不一樣——

在阿彌爺爺指揮下，那些穆婆婆老友們在安娜築出的地底結界通道中移動，紛紛抵達後續守備位置，施放第二波針陣。

推入針陣範圍的黑夢怪樓群，又轟隆隆地炸碎，再次退到了「牆」後。

「你還是乖乖聽我的建議，親自指揮黑夢吧。」安娜笑著說：「你刻意拖延，是不是因爲你其實希望藉著穆婆婆的手，替你解決另外四人，這麼一來，你就能獨享黑夢。」

「他們有沒有那麼想過我不知道，但我倒是從來沒有這個打算。」宋醫生冷冷笑著，踩著怪手，轉向往郭曉春逼近。「因爲獨享黑夢沒有任何意義，只會使我孤立無援；妳這樣子挑撥，急著要我遠離，反而透露妳的不安。妳這法術有弱點？妳想拖延時間？還是妳後面那位天才傘師，其實不堪一擊——」

「算你精明。」安娜嘿嘿一笑，也轉身往郭曉春那鴿舍頂樓飛身趕去。

□

「咦？」莫小非指揮著影魅化作的馬車撞開一扇門，進入一處方形迴廊，那方形迴廊中央是座小小的日式庭院。

她自馬車上站起，只見庭院對面的迴廊上，也站著兩個人。

在莫小非闖入的那瞬間，見到那兩人正以古怪的姿勢，雙雙後仰著腦袋，將腦袋躺在對方肩上，反手撫著對方的臉，像是在親吻。

那是夏又離和硯天希。

硯天希本來厭惡那回魂羅勒的嗆鼻滋味，更厭惡夏又離伸進她嘴裡的舌頭，但她被夏又離以力骨架著身子強吻半晌，卻又若有似無地感受到一種說不出的甜蜜滋味，讓她沒有察覺這結界周遭環境變動，也沒有察覺到夏又離悄悄撤去了力骨。

她被封印在夏又離體內十年有餘，當年因為那封魂法術失誤，使她提前多年醒來，那時候她還無法與夏又離溝通、也無法控制夏又離的身體，只能靜靜地透過夏又離的雙眼體驗人類生活的點點滴滴。

就某種程度上而言，夏又離的幼年到成年的人生經歷，也等於是硯天希生命中一段親身歷程。

儘管硯天希受到黑夢影響，對這段過程的記憶支離破碎，但那細細碎碎的模糊印象，猶如一條條無形絲線，屢屢在硯天希因發怒想要痛擊夏又離時，揪著她的心，使她在最後一刻停手。

自然，在此時此刻，她可無法回味太多瑣碎情懷，她立時感受到闖入這庭院的莫小非，全身散發出來的妖異氣息，可比安娜等人危險太多。

「小非！」夏又離一眼便認出莫小非。

「啊呀，又離，是你呀！」莫小非也認出了夏又離，同時也訝異地望著硯天希。

「你剛剛跟背後那女人親熱啊，你們爲什麼背對著背？啊呀！她該不會是那小狐魔吧，她從你身體裡跑出來了？」

夏又離當初加入黑摩組時，安迪等人便覬覦夏又離體內那狐魔硯天希，想要將她獻與當時黑摩組的上級組織——竹南組的頭目鬼眼強，以換取黑摩組在四指內部更高的權力和資源。

往後困擾夏又離和硯天希多時的釘魂針，便是當時由鬼眼強親手釘進夏又離手掌中。

莫小非雖然沒見過硯天希的眞實模樣，但她過去數次與受硯天希控制的夏又離大戰過，猶然記得這百年狐魔一身剽悍魔氣；此時硯天希魔體煉成，力量倍增，莫小非瞬間便從她身上散發出的魔氣，認出她就是那百年狐魔。

「我好像認得妳。」硯天希盯著莫小非。

「咦？」莫小非嘻嘻笑著，手扠著腰，站在影魅馬車上，還抬起一腳踩在影魅腦袋上，說：「妳說什麼呀，我們都打過這麼多次架了，妳……嗯？妳該不會……像是妳爸爸——那大狐魔一樣，發瘋了吧！宋醫生上次說遇到妳時，妳看起來瘋瘋癲癲的呢。」

「我們打過很多次架？我怎麼一點印象也沒有？」硯天希揉著腦袋，緩緩走向莫小非。「不過我好像很討厭妳，一見到妳，我的頭就更疼了……」

「天希，別過去……我們不是她的對手……」夏又離使勁往後走，但仍被硯天希拖著走。

「妳討厭我，我倒是挺喜歡妳。」莫小非笑著說：「當時要不是安迪想把妳送給強爺，我眞想把妳變成我的手指呢。」

她這麼說的同時，一口氣摘下左手四枚戒指，僅留下麗塔送她那能夠操縱黑夢的戒指，她的雙眼綻放異光，直勾勾地盯著硯天希，說：「跪下，磕三個頭，叫我一聲『小非姊姊』。」

「天希，快逃，別跟她鬧了！」夏又離連連回頭，只見底下一陣黑氣猶如淺浪襲來，淹過了他和硯天希的雙腳。

「……」硯天希身子猛烈顫抖起來，一點也沒有遲疑地跪了下來，磅磅磅地對著莫小非磕了三個頭，咬牙切齒地擠出幾個字：「小……非……姊姊……」

由於她和夏又離背貼著背，她磕頭時，後腦也連帶不停與夏又離對撞了幾下，夏又離哇哇大叫，不停將口袋裡所有回魂羅勒都掏了出來往口裡塞。

「哈哈哈！」莫小非捧腹大笑起來：「眞的，你們狐魔都這麼容易受黑夢影響嗎？就算有這結界保護，也這麼聽話吶！乖，姊姊疼妳，快爬過來舔舔姊姊的腳丫——」

莫小非說到這裡，令影魅馬車轉橫，她摘下鞋子、蹺起腳，伸在馬車外，腳尖朝著伏地爬來的硯天希劃著圈圈。

硯天希揹著夏又離四足爬行，爬到莫小非面前，心中氣得七竅生煙，不明白自己爲何無法抗拒莫小非的命令。硯天希乖乖按照她的吩咐，捧起她的腳尖張口要舔。

「等等。」莫小非突然喝停，調整坐姿，將腳在地上那黑夢生成的黑黴、焦斑上攪和幾下，將雪白玉足染得黑髒噁心，這才又將腳伸到硯天希面前。「這樣比較有趣，乖乖舔喲，小狐狸，以後妳就是我的手指了，我會好好照顧妳的，嘻嘻。」

「……」硯天希儘管心中怒極，但身體毫無反抗，微微張口伸出舌頭，當眞捧起莫小非的髒腳舔了起來，眼淚簌簌落在莫小非腳上。

「哈哈，小狐狸，原來妳會哭啊。」莫小非一面以另一腳去逗弄貼在硯天希背後的夏又離臉面，嘻嘻哈哈地說：「小離，你們這副模樣到底是怎麼回事？你的身體跟這小狐魔連在一起？」

「奕翰、夜路——」夏又離連連扭頭，頂開莫小非的腳，心中驚恐慌亂，一面求救，一面思索著該使出墨繪術裡哪一招，才能安然帶著硯天希脫困。

「咦，妳舔得這麼認眞呀！」莫小非嬉鬧間，突然見到自己讓天希捧在手上那隻腳，竟又變得雪白一片，不禁讚嘆：「舔得好乾淨吶！」

她挪了挪身子本想再將腳沾滿黑黴，但見地板上空空如也，那黑黴、焦斑已經不見，回頭，身後沿路的黑夢痕跡正快速消散，那指路的人骨胳臂也消失無蹤——

此時，雜貨店結界外天搖地動，正是阿彌爺爺發動針陣的當下。

莫小非感到近身處一股強悍魔力炸開，反應不及，臉上重重捱了硯天希暴起一拳，整個身子騰空飛起，轟隆撞進了迴廊後方的木造牆裡。

「哇！」夏又離只感到臉前又多了具巨大墨黑色人骨，是硯天希召出力骨附體，同時，她兩隻胳臂也變得極其粗壯——破山。

下一刻，硯天希像是飛彈般，追進那被莫小非撞開一個大洞的房間裡。

劇烈的狂風和魔氣，伴著一陣陣激烈爆裂聲自那房中激衝而出，那是百年狐魔硯天希和同時催動數隻指魔之力的莫小非，正面衝突所發出的駭人凶風。

日落後長篇07　完

After Sun Goes Down

日落後

下集預告

阿彌爺爺的針陣切斷了黑夢，穆婆婆一方凶猛反撲；天才傘師迎戰宋醫生、百年狐魔大戰莫小非、暴食鐵身硬扛鴉片、貓狗座騎遊鬥邵君……反撲、反反撲、反反反撲，混亂至極的大亂鬥，更添新變數——晝之光夜天使殘軍大駕光臨。

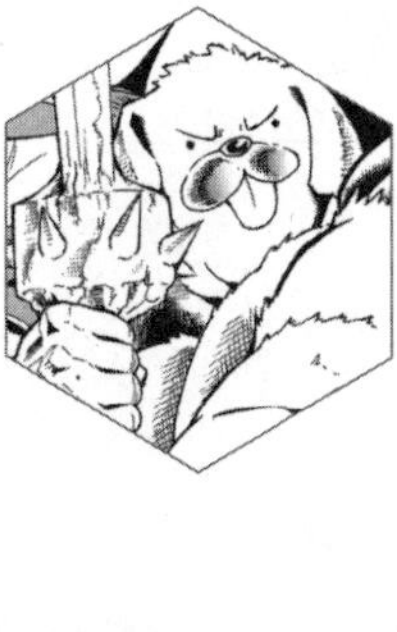

日落後 / 星子著. -- 初版. -- 臺北市 : 蓋亞文化, 2016.04
冊； 公分. --（悅讀館）

ISBN 978-986-319-206-0（第7冊 : 平裝）

857.7 105004168

悅讀館 RE341

日落後 長篇 07

作者／星子（teensy）
插畫／BARZ
封面設計／克里斯
出版／蓋亞文化有限公司
地址◎台北市103赤峰街41巷7號1樓
電話◎（02）25585438 傳真◎（02）25585439
網址◎http://gaeabooks.pixnet.net/blog
粉絲團◎https://www.facebook.com/Gaeabooks
電子信箱◎gaea@gaeabooks.com.tw
投稿信箱◎editor@gaeabooks.com.tw
郵撥帳號◎19769541 戶名：蓋亞文化有限公司
法律顧問／宇達經貿法律事務所
總經銷／聯合發行股份有限公司
地址◎新北市新店區寶橋路二三五巷六弄六號二樓
電話◎（02）29178022 傳真◎（02）29156275
港澳地區／一代匯集
電話◎（852）27838102 傳真◎（852）23960050
地址◎九龍旺角塘尾道64號龍駒企業大廈10樓B&D室
初版一刷／2016年04月
特價／新台幣 220 元
Printed in Taiwan

GAEA
ISBN／978-986-319-206-0

GAEA

Gaea